聽不到
聽不到
聽不到

隔壁貓叫日記

失眠的文字工

法蘭克／圖・文

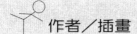 作者／插畫

失眠的文字工──法蘭克，1976年降臨於這個星球，是PChome新聞台「隔壁貓叫日記」台長，目前從事媒體工作。

喜歡歷史，卻念了化工；改念文史，卻又發現理工比較好賺。
個性屬於**太陽能發電型**，一遇到大晴天就會異常High。

因為不像其他作者有「個人代表作品」，只能寫上「個人代表動作」：
雙手叉腰，對著天空大笑。

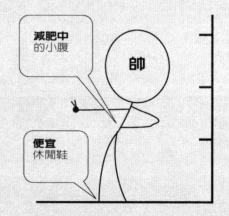

寫在 貓叫之前……

還記得念研究所的時候，在某大學附近租屋，
有一天晚上，朋友打電話找我聊天，剛好遇到對門的女房客帶男友回家，
彷彿遭人鞭打般的驚人貓叫聲，順著走廊傳過來，
結果我朋友在電話裡頭冷冷地說，
「喂，你太過份了，最好是和我講電話還可以看A片啦！」
從此，**我就跟貓叫**結下不解之緣，
更沒想到，竟然**人生第一本書**，
就是寫別人的貓叫，唉～

這本書的誕生，其實還有許多命運的安排。
例如不是念這所大學的我，
卻因為住在附近的同事要搬走，讓我接手租下來；
明明看中水泥隔間，誰知道房東貼心鋪設的櫸木地板卻可以當音箱；
還有最重要的，明明被分到都是男生住的一區，
結果竟然隔壁、對門在同居！（為什麼我沒有……嗚嗚……）
當然，也沒想到朋友的一句話、網友的一個轉貼，會引起這麼高的人氣，
最後還有一個曾有工作上往來的朋友當報馬仔，
讓出版社早早就看到才有這本書的誕生……

所以不能免俗的，要感謝宗祐、Justin、之之與包容我的長官，
當然，還有長期支持我的可愛網友們！

倒是之前寫論文的致謝詞時，一直有一個夢想，就是在裡頭放進一句，
「感謝X，沒有你，這本論文是寫不出來的！」
萬一哪天哪個朋友說，「你為什麼沒有感謝我時！」
我可以理直氣壯地回答，
「有啊！這個X就是你啊！我怕你害羞不想曝光，才這麼寫的。」

既然這次是我的書，那就……
「感謝X，沒有你，這本書是寫不出來的！」

失眠的文字工 **法蘭克**
2006年2月於一起聽了一年**貓叫**的房間

Contents

戶長報告

 貓叫就在你身邊

這不是我的錯，
但是，聲音就真的傳過來了啊～

我不是變態……嗯……至少沒有證據顯示我是！
但是，如果隔壁照三餐吵你，那就應該不是我有問題了！

這是發生在某國立大學附近租屋的**真實故事**，
也是我常常失眠的記載～

啊～完蛋了

天氣：寒流來前的最後一個陽光日
時間：你要算第幾次的時間？

自從隔壁搬來這兩隻性獸之後，
我住的地方當場成了修鍊心性的好地方，
定力不夠的人，肯定會被貓叫拉走～事實證明，我還在修鍊中！
原以為他們前一陣子是因為天氣冷沒事做，
所以只好整天在宿舍裡「摩擦取暖」，
畢竟聽說北歐的性產業發達，跟天氣也有關。

沒想到，今天好歹氣溫也不錯，
我還可以穿著短袖短褲在小套房裡走透透，
（坦白說，就是原地轉兩個圈，然後走到廁所再走回來。）
結果他們一回來，就碰碰碰地發出響聲，
（根據本人多年看A～～拷片的經驗，應該是脫衣服吧！）
然後，就開始傳出喵喵的聲響，
牆壁也傳出規律的咚咚聲，
房東貼心的櫸木地板，也在撞擊之下，
艱苦地發出哀鳴。
就在這種環境之下，就連對門的房客震耳欲聾的電視，

也突然關掉了！（喂！大哥，這太假了吧！）
正當大夥（我，應該還有對門的）努力修鍊冰心訣時，
男性獸突然大喊一聲：「啊！完蛋了！」
一陣急促的腳步聲，接著廁所抽風扇的隆隆聲響起，
我知道，這次考驗結束了～

※講評：各位男同學，嗯嗯，平時要做好訓練！

啊～隔音裝置

時間：寒流來襲的周末
天氣：冰冷下雨夜

不知道是不是對門的大哥跑去找管理員反映，
總之，隔壁的兩隻性獸今天在房門的門縫塞了一堆報紙；
這樣天才的舉動，讓我站在門口傻了好久（當然不是失望），
報紙？
有啥勞子用啊！？
果然，躲在被窩看書的我，
半夜又聽到熟悉的櫸木地板咚咚聲，
過了一會兒，甚至還聽到調情的對話～

男性獸：「妳要趴著嗎？」
女性獸：「我比較喜歡在書桌那邊耶～」
（哎唷，鼻血噴出來了！）

在天搖地動了半個多小時後，
（推估值，總不能真叫我拿碼表計時吧！）
大地才回歸平靜。

※評論：我以為報紙通常都是自拍族用來證明時間與地點在台灣
　　而已，想不到竟然有人用它來隔音！

吹風機

時間：我從中壢殺回某國立大學附近後
天氣：沒有下雨的寒流夜

我租的地方，由於在半山腰，
到了半夜，鮮少往來車輛，
因此……真正可以做到
「風聲，雨聲，貓叫聲，聲聲入耳」的境界，
當然，我也就被迫「家事，國事，隔壁事，事事關心」！

今天很冷，尤其半山腰特冷，所以～

女性獸：「哎唷，你手好冰喔，別碰我！」
男性獸：「那……那我用吹風機！」
（挖靠！我想破頭，也不知道實際應用方式。）
接著，隨著我的鼻血，不，鼻涕的滑落，
吹風機轟轟響起，又過了一會兒，
熟悉的貓叫伴隨著死豬肉撞擊聲動地而來……

※講評：有時候，我真訝異人們在性方面的創造力，特別是工具
　　　的使用上。

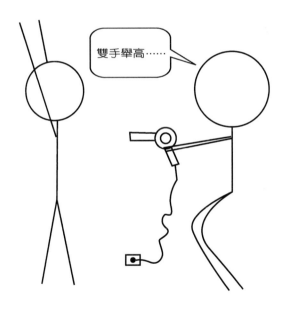

藥渣 ୨

時間：我拎著垃圾袋走到大樓集中處的時間
天氣：仍帶點寒意

有朋友跟我說，原來我住的地方這麼精彩，
晚上都有廣播劇可以聽！
（話說回來，如果真有這種廣播劇，應該頗受歡迎，
喂～那幾個廣播界的朋友，考慮一下！）
也有朋友建議我，可以集結出書，
我倒是想，如果每天寫一篇，最少也要一百天之後才能出書，
如果按照隔壁瘋狂的程度，一天三次的玩法，
等我累積達到目標，
大概他也達成三個月內三百次的金氏世界紀錄吧！
如果仔細算算，一次5c.c.，三百次就1500c.c.，
相當於在三個月左右處理掉一大瓶保特瓶的芭樂汁～
哇咧，我快吐了！

想到這裡，我都已經丟完垃圾走回房門口，
突然間，隔壁房門打開了，男性獸也拎著垃圾袋探出身來……
那鼓鼓的垃圾袋，
看來裝滿了外食的餐盒與衛生紙～衛生紙，沒錯，真讓人好奇！

當然這不是重點！

重點是，男性獸高高的身材，

卻有一張略微消瘦的臉龐，看來吃了不少苦。

我暗自起了同情的心，想到為了我的書，辛苦他了；

我不忍多看他一眼，一句話掛在嘴邊，卻又吞了回去，

那就是：「您好，請問您是藥渣嗎？」

※講評：以前不是有中醫師說，男人一生只能幾大瓶嗎？
　　　如果真是這樣，隔壁的不知道能不能活著唸完大學⋯⋯

聽說只有三大瓶嗎？

貓叫就在你身邊

時間：忙裡偷閒的午後
天氣：幹！好熱～

很多人問我，到底怎麼選的？
當初住在山下也遇到貓叫，這回搬到半山腰，還是有貓叫！
我想講的是，這是很講天分的……ㄟ……我是說，這是巧合啦！
如果孟母是我媽的話，恐怕她也會無力地認命吧～

其實，我想說的是，「貓叫就在你身邊」！
以前住在山下的時候，只是覺得常常有固定的碰碰聲，
而喵喵的貓叫聲，我甚至還以為是電視的聲音～
有一天，我半夜被吵醒，定神一聽，才恍然大悟。
（@#$，吵醒我的就是貓叫！）

後來，搬到現址，
一開始我也以為規律的碰碰聲是旁邊工地的傑作，
直到我半夜醒來上廁所，才確認工地是不會在深夜加班的～
（工人？你以為工人晚上會躲在工地學貓叫？想想那個畫面吧～）

不過，根據我的比較，

之前山下的職業學校學生，

（稱為學生，是因為他們還沒達到照三餐的境界！）

比起現在的大學性獸來說，的確遜多了！

隔壁不但會剃毛，

（啊？我沒說過嗎？男性獸還得意地大聲說出來～害我摔下椅子！）

還會移地訓練，

（有一次兩個人做到一半，還約好一人出一千，去山下汽車旅館感受一下！）

甚至我懷疑男性獸有使用藥物助興——

女性獸：「嗯嗯，等一下，我不想做了啦～」

男性獸：「可……可是我已經塗了耶！這樣撐著很難受啊～」

果然，多讀書，可以創造無限可能～

※講評：哈哈，看有多少人回家後會開始對碰碰聲疑神疑鬼！

拂曉出擊？

時間：我的鬧鐘響起之前
天氣：寒流來前的晴朗

咚咚咚咚～嗯啊嗯啊～
（不會吧，做早操嗎？）
轉頭拿起床頭的鬧鐘，ㄟ，還不到七點半，
我記得昨晚我拖著疲憊的身心，
決定假裝聽不到任何狗叫貓叫而滾上床時，
時間大概過了12點，沒想到，這麼快他們就起床了，
而且還精神抖擻地做著新國民健康操。

經過了二十分鐘的激烈震動——

男性獸：「呼呼，妳要不要先洗澡？」
女性獸：「……不了，我上課快遲到了～」

（啊！聽得太出神，我自己也快來不及出門了！！）

※講評：根據秀傳醫院的網頁記載，「體味與先天遺傳、生活方式、健康有關，原來的功能是用來發揮致命的吸引力，具有吸引異性的特殊氣味……」希望這位大姊上課的時候，不會造成周遭男同學的困擾～

一、二、三、四、二、二、三、四……

香蕉也忍不住了

時間：我一踏進家門的那一刻
天氣：冷氣團又來了

自從開新聞台以來，突然我變得很受歡迎，
很多朋友，不分男女老幼，通通開始想要跟我回家～
（當然不是跟隔壁比大聲啦！）
喂，拜託，人家親熱，結果隔壁躲了一大堆人在聽，
這是怎樣？觀光勝地？
又不是動物園的猩猩發情大家圍著看！
還有人跟我索取錄音；～錄音，沒錯！很遺憾的跟各位說，
除非使用警探片的那種，不然錄的品質很差！
（哎呀，洩漏自己曾經真的錄過的祕密～）

話說今天因為和朋友吃飯，結果回家已經快11點了；
我才把鑰匙插進門把，就聽得隔壁已經不等我就開戰了！
為了避免打草驚蛇，我故作鎮定地開了門，
並以最快的速度把鞋子、包包丟下，
同時倒了一杯水，拿了香蕉，輕鬆地坐在我的電腦前面，
準備為各位記錄下這神奇的一刻～
（ㄟ～突然想想，以前不變態的，自從開了這個新聞台之後，被逼
得有點了……）
兩隻性獸非常激烈地碰撞震動，聲音之大是我首見，不，是首聽。

就連對門明明在家的，卻也一點聲音也沒有。
就在我等待最後的廁所風扇響起時——

女性獸開口了：「你快點啦～我肚子痛，想要上廁所～」
男性獸：「……」（碰碰聲持續中……）
我（臉上有三條線）：「……」

女性獸：「還沒好喔？」
男性獸：「……」（碰碰聲持續中……）
我（臉上有六條線）：「……」
女性獸：「我快要忍不住了啦～」

男性獸：「我快了，再一下！你要不要趴著，會好一點！」
（碰碰聲略微減緩……）
我（臉上都是線）：「……」

我抖動的雙手不知何時已經讓我的香蕉掉在地上，
看著爛在地上的香蕉殘骸，想到如果女性獸忍不住，
有個萬一的話，
不知道會不會讓男性獸一輩子都跟這根香蕉一樣……爛在地上！

※講評：這可能是我寫過最噁心的一篇了，怎麼辦，以後我再也
　　寫不出這麼噁心的了！

新紀錄

時間：炎熱的午後
天氣：都說炎熱了，不然還想怎樣

為何拖這麼久，才又發一篇，我想告訴大家，非常遺憾，
昨天隔壁創下他們搬來後的新紀錄（除了放假回家）：
沒有貓叫～

是的，這是一個令人遺憾的紀錄，
是自從我知道侯╳岑只有A罩杯後的最大震撼了！

事情是這樣的：
昨天下午，我嘗試做個新好男人，所以把堆積的衣服洗了，
還花了3分鐘把房間上上下下擦了一遍，甚至就連櫃子裡的餅乾，
我都抽空吃完了，整個人沈浸在小小的成功喜悅之中。

突然，隔壁回來了！可是，ㄟ，多了兩個沒聽過的男人聲音。

剎那間，我的腦中浮現：4P？不會吧？有這麼刺激？
不知道能不能多加一個？……ㄟ……當然這不是重點～

只聽到男性獸嘴中的學長們，抓起吉他和口琴，開始演奏起來……

（哦？難道是要助興？還是要拍片……呃……不好意思，受到《天邊一朵雲》的影響～）

接著，四個人放聲高唱～
我只覺得一陣天搖地動，那驚人恐怖的歌喉，讓我懷念起女性獸單純的貓叫聲，
就算是《天邊一朵雲》中安插的歌舞，起碼還有搞笑的效果，
他們的合唱，只有讓人想把隔壁宣布為災區的威力。

不久之後，神奇的女性獸當眾宣布，我要去洗澡了！
讓我又重新燃起4P的希望，孰料，當廁所風扇關掉之後，
他們竟然決定出門，僅留我一人獨自悵然～

※講評：不知道我應該不應該帶著獎盃，到隔壁去表揚他們如此
　　輝煌的成就！

復工囉

時間：蚊子亂飛的晚上
天氣：有點濕熱

是的，就在剛剛，貓叫又再度傳到我的房間，
配合著規律的啪啪撞擊聲，我站在房間中心大喊著：
感謝老天！昨天創下的紀錄，只有維持一天而已，
害我一度以為本新聞台才開台就面臨生死存亡的關鍵，
也讓我一度產生假裝敦親睦鄰，然後跑過去勸說的念頭！
如今危機解除了，
相信對門的仁兄應該和我一樣沈浸在喜悅之中～
（靠，他又關電視了……媽的，總有一天會被發現……）

由於香蕉已經吃完了，
所以今天我搭配的菜色是芥末口味的脆果子與烏龍茶，
當然，這不是重點，重點是，當隔壁傳來男性獸一聲：
去把衣服脫掉，
讓我對男性獸發動貓叫的機制感到非常好奇，
原來兩隻獸已經進化到如此原始簡單的境界，
相信照這個頻率持續下去，也許他們以後只會在出門時穿衣服。

至於女性獸，今天似乎不太投入，
（耶，連我都可以聽得出來，這……）
叫了沒幾分鐘，突然——

女性獸：「我不要做了啦～」
男性獸：「嗄？那好吧。」
（挖咧！不會吧，這我該怎麼辦？我該拿什麼來滿足江東父老？）

這是我第一次打從心裡這麼希望男性獸堅持下去：
快～別聽她的！
就在我搖頭嘆息了幾分鐘後，隔壁又傳來了令人疑惑的聲音：
先是女性獸一陣急咳，然後……

男性獸：「喏！拿去擦嘴～」
（哎呀！鼻……鼻血又……）

※講評：ㄨ……ㄋ……ㄅ……ㄚ……ㄗ……（因為鼻血還在流，
　　所以講話聽不清楚）

記得關電視

時間：比他們正常時間稍微晚一點
天氣：不熱不冷的夜晚

當今天早上看到陳勝╳和潘╳妃傳出緋聞之後，
讓我花了不少時間研究，男人要怎樣才能變成花心大蘿蔔，
（事實證明，我果然不是那塊料，
畢竟我是具有傳統美德的好男人！）
沒想到，這件事情，也成為今天的主題之一！

今天晚上我從爵士樂的音樂會回來後，
嘴裡哼著輕快的旋律，耳朵裡還殘留著爵士的共鳴，
孰料，門才一關，隔壁就傳來調笑的聲音，
當場所有美好的旋律，
就被這種幾千年來最原始傳統的聲音打敗了！

在我迅速地完成脫鞋，開電腦，運起冰心訣等標準作業程序後，
隔壁也進入緊鑼密鼓階段，
勾魂攝魄的貓叫聲，伴隨著啪啪聲與電視新聞播報聲～
沒錯，他們真的用電視新聞當背景音效，
而且如果我沒聽錯的話，還是三人開車遭歹徒開槍掃射的那則。
想不到這樣的新聞也可以助「性」，該電視台應該打字幕表示，

「獨家，看本台新聞具有壯陽的效用！」
相信收視率應該可以衝破50以上！

當電視新聞報到潘╳妃與陳勝╳的新聞時，
女性獸從喵喵叫硬是改成開口說：「你看潘╳妃是不是真的有和
陳……？」
男性獸：「……」
（挖靠！妳這個白癡，弟弟在「工作」的時候，大腦都是跟漿糊一
樣，妳要他怎麼回答啦！）

女性獸：「ㄟ，你怎麼都不說話？」
男性獸：「…啊……什麼……」
（廢話，這時候能擠出這幾個字已經很了不起了！）

女性獸：「我說，你看他們兩個是不是真的有上床？」
男性獸：「有…有吧……」
（辛苦了，大哥……）
不愧是男性獸，在回答完女性獸的詢問之後，仍然努力地完成所
有工作，讓我讚佩之情，如滔滔江水，綿延不絕～

※講評：坦白說，雖然現在電視新聞羶色腥嚴重，但是還不至於
　　有威而鋼的功效，辦事，還是關了它吧～

了不起的自覺

時間：難得休假的日子
天氣：春天到了～

走在某國立大學附近的美食街，看著短裙跟細肩帶的比例增加，
我知道，春天真的到了～

當然，不論之前寒流怎麼強，或是太陽怎麼大，
我隔壁的小小房間裡，永遠充滿春天……還溢出來到我這邊咧！

話說今天我難得休假，
早上躲在房間裡頭看我堆積如山的書，
畢竟氣質是我贏過陳勝╳最多的地方！
咳……回到原話題，
果然，兩隻性獸醒來之後，又用最原始的方式展開新的一天～

或許昨晚太晚睡，或許多個月來的操勞已經浮現，
男性獸今晨的表現連平均數都沒達到，
我捧著書，連一頁都沒讀完，
（話又說回來，在這種情況下，是會讀得慢一點點啦！）
他們就結束了，讓我有點意猶未盡（……ㄟ…這……呃……）。

隨著廁所風扇響起，

女性獸開口了：「ㄟ，你覺得我剛才會不會叫太大聲啊？」

男性獸：「不會啊，這邊是水泥牆，不會有人聽到的啦！」

女性獸：「喔，那就好。」

（噴～挖咧～我該不該把這個新聞台的網址留給他們啊！）

※講評：真是若要人不知，除非己莫為！

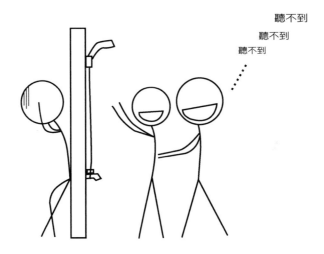

聽不到

聽不到

聽不到

嘗鮮

時間：春天的晚上
天氣：濃霧特報唷！

這個周末，小弟我終於回到甜蜜的家中，
享受隔壁沒有貓叫，沒有砲兵陣地的快樂。
如果有忠實的讀者因為好幾天沒看到文章，
在此說聲不好意思！
（這下真的證明我沒有在隔壁裝竊聽器吧～）

坦白說，我真的頗為佩服隔壁的男性獸，
他們之所以能夠天天來，照三餐來，
他的確花了不少心思在創造不同的樂趣上，
這樣的人才讓他荒廢在繁重的學業上，
那個主管教育的單位的確應該要好好檢討一下。

特別是大多數的國家，在經濟破碎的時候，
人民想走捷徑，會發展性工業；
發展中的國家，會開始打壓性工業；
然後，已開發的國家，性工業又再度蓬勃，
子曰：「飽暖思淫欲。」正是這個道理，

說不定，男性獸可以成為性工業界的張╳謀、曹╳誠。
（向兩位成功人士說聲失禮，絕對沒有不敬的意思……）

嗯嗯，離題太遠。
總之，今天晚上，
我乖乖地在電腦前面，為明天的工作而努力時，
隔壁又飄進來奇怪的喘息聲，還有女性獸帶有假音的說話聲，
（不知怎麼著，今天老是重複一句：你欺負我，你欺負我～）
當進度如我所料地準備展開攻堅作戰時……

男性獸說話了：「等等，今天別脫上衣，我們試試這樣玩……」
女性獸（聲音帶點甜膩的味道）：「可是，這樣我就咬不到小╳
╳（消音）了耶……」
我：「……」（噴血中～～～～）

雖然我心裡總覺得有詐，這招好像在小說或電視上看過，
不過，根據男性獸每天這樣的操勞法，
應該是沒有時間給別人在他身上開闢草莓園的機會；
至於女性獸，嗯，不知道少了咬那個的樂趣，會不會有遺憾。

※講評：情趣很重要，才能長長久久。

性愛光碟？

時間：明天休假的晚上
天氣：雨打到窗子會干擾我完整接收隔壁聲音的狀況

話說今天某周刊說陳勝╳天天要做，
讓我一度有衝動想要搬到他的隔壁，
不過，想想現在這兩隻性獸，好歹可是有天天三餐的能耐，
陳勝╳，哼，哪根蔥哇！

倒是昨天貴為329青年節，
這兩隻性獸竟然沒有以「行動」紀念這個日子，
反而選擇整天不在家，讓我感到非常詭異。
不過，今天因為下雨的緣故，他們果然又恢復「正常的生活作息」。

大約晚上9時左右，我開開心心地與網友在msn上抬槓，
突然間，隔壁傳來奇怪的貓叫與肉肉撞擊聲，
我花了0.034秒做出判斷：這不是女性獸的聲音！
面對這樣狀況，我心想，
「不會吧？男性獸難道是小陳勝╳？」
於是立刻啓動國安機制……躡手躡腳地走到門邊，
（嗚，再次強調，我不是變態！）

我的耳朵將雨聲排除後，努力地抓取關鍵字，

竟然聽到了～～～～「伊爹伊爹」，

然後我比對腦中儲存的資料，我又做出了重大判斷：

「這好像是川島什麼實耶！」

（不好意思，本人很少看的，所以認識的不多……）

沒錯，男女性獸正在看日本動作愛情片～

果然，過沒五分鐘，貓叫突然由獨唱變成二部合唱，

肉肉撞擊聲也開始出現回聲，怪的是，頻率還頗為接近，

讓我一度懷疑男性獸是要跟男演員比耐力！

（拜託，人家有剪接的好唄！）

又過五分鐘，男性獸一聲「我不行了！」

讓合唱又變成了獨唱，搭著廁所風扇的轟轟聲，結束了這一切。

※講評：希望他們只是為了增加情趣，

　　　不然男性獸若是已經必須要靠這玩意兒助性，

　　　那本新聞台的前景堪憂啊～

冷水澡

時間：愚人節的凌晨
天氣：下雨下雨還是下雨

真是嚇死人了！
昨天一早我的新聞台才一千九百多人次瀏覽，才不過24小時，
就衝到了快八千，害我熊熊以為是網路公司玩的愚人節遊戲～
雖然兩隻性獸應該「忙」得沒有時間上網，
不過顯見他們在網路上已經擁有相當高的知名度，
將來他們不出來競選市長，實在太可惜了。

昨天晚上9時左右，我還是跟往常一樣在網路上晃著，
看看成人網頁以外的文章（……啥……我剛剛說了啥？）
隔壁的性獸，在昏睡了整個下午之後，
也爬了起來，展開不知道算不算是嶄新的一天生活，
以激烈的撞擊聲拉開序幕，
伴隨著喵喵聲（相信大家都已經不陌生了），
花了大約十幾分鐘做他們的早操。
（竟然有人要我在msn上作現場實況轉播，你當這是棒球啊！）

隨著黑夜的腳步，日曆也悄悄地翻到愚人節，
才剛剛過12時沒多久，隔壁又傳來奇怪的喘息聲，
正在享受同時跟幾個妹妹比賽msn打字速度的我，

只好立刻展開修行，用0.3個腦袋繼續回答msn上的問題，
剩下的部分開始運起冰心訣～
（在此向方才有好一段時間看不懂我msn在寫啥的朋友致歉；
至於那個希望我改編成劇本的朋友，叫《台灣慾望火》如何？）

沒想到，女性獸在喵喵叫了一段時間後，
又開口說話了：「嗯，我好累，我不想做了啦～」
男性獸：「喂，拜託，我很久沒做了耶！」
（啥？很久？你們不是三小時前才……）
女性獸（用裝可愛的聲音）：「……不要啦……」
男性獸（有點生氣的語氣）：「……好啦，我去洗冷水澡！」

我思索了很久，
開始懷疑我是不是年紀大了，竟然覺得三小時不是很久？
還是因為男性獸天賦異稟，所以三小時的重新裝填，
會造成「武器」膛壓過大，必須發射？
再不然就是他們學習柯林頓的做法，
直接炒飯之外的行為不算有做？
算了，我頭好痛，我要去睡覺了～

※講評：講到這裡，我發現我一邊打msn，一邊把他們的聲音當
　　成背景音樂，竟然完全不能專心，那上次他們可以一邊討論新
　　聞，一邊辦事，實在很厲害！

愚人節還沒過嗎？

時間：破一萬人次瀏覽的晚上
天氣：外頭偶有大霧

嘩～兩天左右灌進快九千人次，
讓我頗有萬斤重擔壓肩的感受！
為了滿足各位，我會督促我自己不要偷懶！
不過，由於隔壁要有性獸辦事，我才有東西好寫，
所以我正在考慮啟動A計畫：
將大量的日本動作愛情片放在他們門口，
以營造良好的「工作環境」為目標。

至於有朋友要我每天都得寫，
甚至還有人希望我一天多寫幾篇！
挖咧，我總不能天天蹲在家裡聽，那我要怎麼養活自己？
難道發行性獸紀念郵票？紀念T恤？限量還加上親筆簽名？
還是「性獸使用過的套套，九成新，外觀良好，可面交」的網路
拍賣？

呃，反正今天的重點都不是這個～

我很滿足地唬爛了兩打的朋友，

開懷地過完愚人節，

回到家裡，已經快要午夜12時了。

隔壁的電視正播著莫名其妙的《喪屍任務》，

（靠，我也不小心看到這台，一堆奇怪的僵屍，

嘴裡喊著「喪屍新人類」，然後攻佔香港的某間警察局～

這麼白癡的劇情，當初到底是誰花錢去電影院看啊？）

可是兩個性獸卻安靜的出奇，以我長期觀察他們生態的經驗，

我知道，事有蹊蹺！

（看樣子，這部片也有助興的效果！）

果然，女性獸開始發出：「哎唷～喔嗯……」

我立刻提高戰備，

相信對門的大哥也早就關好電視，

準備迎接試煉的來臨！

沒想到，女性獸又開口了：「ㄞ，今天不行，我那個來了～」

「不會吧！」（靠，我竟然和男性獸同時說這句話！）

男性獸：「妳是在玩愚人節嗎？」

（不不，我掐指算來，的確差不多了）

我不信，我要檢查！」

（╳的，我竟然會知道她的週期！我真要成變態了。）

在一陣肢體扭動的聲響之後，

男性獸終於放棄，而廁所的抽風扇又再度響起～

（ㄟ？你又沒洗冷水澡，又沒辦事，難道……是要玩馬桶放生？）

※講評：對喔，以後本新聞台會有固定的「假日」，耶！

戶長報告

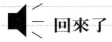 回來了

絕對沒有污辱女性的意思，
不過，很少有人的MC會受到如此矚目，
關心關說的信件如雪片般飛來～
（關說的大哥，很抱歉，您的「碧血洗銀槍」劇本，
我實在沒有勇氣塞進他們的門縫～）

不論男女性獸是否喜歡把床墊或被子染成紅色，
或是男性獸逼女性獸天天鍛鍊舌頭，
好歹他們在這麼個緬懷先人的清明節前夕，
還是會回家掃墓的。

更精彩、更挑戰極限的故事還在後面，
請大家耐著「性」子，**繼續看下去。**

回來了！

時間：清明節的晚上
天氣：沒有風的春天夜

不管是阿諾史瓦辛格的「I'll be back!」也好，
還是麥克阿瑟的「I shall return!」
在成千上萬的網友期待之下，他們，回來了～

是的，雖然這幾天發生了教宗過世，
也發生了樂透開出29號，但是，
這個堪稱網路史上最多人關切的「MC與放假事件」，
就在女性獸推開房門，
跟男性獸大喊：「親愛的，我回來了！」後，暫時劃下了句點！
（對門的大哥今天不在，不然他也一定跟我一樣雀躍地關掉電視。）

雖然我這幾天換得了小小休息，也回了一趟家，
不過，心中卻有如買樂透等待開獎般的緊張心情，
就連經過某大學附近時，
都忍不住猜想，路邊的情侶會不會就是趕回來的男女性獸！
（唉～開台之後，滿腦子就這樣的胡思亂想……）

事實上，男性獸早就已經待在房間裡，
看著台聯主席蘇進強返台遭抗議的新聞，
隨著時間一分一秒過去，女性獸終於趕在11時左右回來了，
講完那句拯救多少人類無聊時光的台詞後，

我感覺到兩人緊緊地擁吻，突然間，
男性獸開口說話了：「妳那個過了吧～」
女性獸：「嗯啊……」
（喂～你們見面第一句話是這樣的問候喔！會不會太直接一點了！
我都還沈浸在你們久別後的相聚感動之中哩！）

就在我感動的兩行眼淚還沒有乾去，
男女性獸就霹靂啪啦地讓衣服與地板碰撞起來，
（唉，就算是廉價的日本動作愛情片，
男女主角也沒這麼快開始吧？）
接著的肉肉撞擊聲與喵喵聲，是有史以來最大最激烈的一次，
配合著附近野狗的嚎叫聲，
這樣的合唱，相信貝多芬也寫不出來，
連隔壁的隔壁那對情侶，都忍不住這壯闊的交響曲，逃離房間。
（怪了，我倒是從來沒聽過他們的聲音……ㄟ……這不是重點！）

總之，經過短暫的10分鐘後，
男性獸：「我……不行了～」
（廢話，這麼用力，能撐這麼久就不錯了……）

兩人安靜了一會兒後，
女性獸嬌喘地說：「沒關係，待會再來好了～」
（噴……啊，看來今天晚上我沒法好好睡了！！）

※講評：果然是小別勝新婚，男性獸，您可千萬加油～

難得的夜晚

時間：聽我媽說，幾分鐘前是我的生日
天氣：水氣開始增加的夜晚

自從男女性獸恢復正常作息後，不知怎麼著，
有看我新聞台的朋友與網友，開始洋溢著幸福快樂的氣氛，
好像幾年前停水，然後水終於來的感覺一樣，
也好像我出門在外忽然肚子痛，
結果找了好久終於找到廁所一般的喜悅，
更突然讓我想起一句俗話：「人家吃麵，你在旁邊喊燒幹嘛！」
是的，人家爽，大家幹嘛替他高興，真怪。

最近開始有網友希望我能拿出男女性獸的照片，
尤其全裸為佳……喂～我總不能拿著相機，去敲隔壁門，
然後學《凌凌漆大戰金槍客》的劇情，跟他們說：
其實我是一個藝術家，我拍攝情侶的鏡頭……
然後我猜五秒之後，我應該會橫屍山谷下才是。

回到男女性獸的最新動態～

除了昨天那篇日記之外，

後來我在睡夢中，隱約又聽到一次貓狗合鳴；

晚上我拖著疲憊的身軀回家之後，

（怪了，好多人都主動表示要到我住的地方來替我祝壽～）

他們似乎也剛從昨夜大戰後的昏睡中醒來，

不過男性獸很快地就恢復了他的獸性，

立刻開口了～

男性獸：「ㄟ，我們今天去山下的那間旅館好不好？」

女性獸：「上次那間嗎？……可是那個有點變態耶～」

（那個？哪個？啥變態？誰來告訴我啊！！）

接著一陣乒乒乓乓的著裝聲，

他們真的出門了……（啊～帶著我啊～我也要去～）

於是乎，我只好獨自一人，守著難得安靜

（其實還有對面大哥的電視聲）的房間。

※講評：我在想喔，如果房東先生要是知道我的新聞台，

　　　然後搭配著宣傳的話，這邊空房間可能還要排隊抽籤吧。

食物無罪

時間：沒有新文章，卻仍破三萬的晚上
天氣：下了雨，但是街上沒有濕T恤可以看的天氣

真是太可怕了，自從我開了新聞台以後，
每次我只要一連上msn，就有一大堆朋友開始問我今天進度：
跟朋友一起出去玩，又會有一票人關心隔壁聲音如何傳遞，
如何達到人獸合一的境界。
甚至有朋友介紹我給她的朋友認識，
開頭就是：「他就是那個《隔壁貓叫日記》的作者！」
哇咧～哪天要是隔壁搬走了，豈不舉國降半旗……
結果，都沒有人發現台長瘦一公斤，真是人情冷暖～

前兩天，由於男女性獸一天選擇在家唱歌唱到我暈倒，
一天乾脆消失不回來，
（也許，又是移地訓練；當然，變態的東西是啥我還是不知道。）
造成網路上哀鴻遍野，只差點沒舉辦追悼會，
（喂～還有人說這是他每天的精神咖啡，有沒搞錯啊！）
不過，就在剛剛，這對備受矚目的男女性獸，
終於又以實際行動，證明這個新聞台存在的意義～

話說今晚被朋友拉去看了《刹靈》這部好萊塢學日本學得很爆笑
的電影。

結果才看到一半多，朋友卻因為個性膽小，抓著我逃離戲院，
最後我只好帶著大大的疑惑——到底這部片可以爛到結局為何？
——回家。
當然，我心中一直掛念著隔壁的近況，萬一他們又不在，
那我該如何面對廣大的網友輿論壓力，
以後該如何讓朋友有話題跟我討論，
（靠，最好是跟我只有這種話題可以聊～）
甚至應付三不五時跑來希望採訪我的媒體朋友。
（由於想到我的臉上打上馬賽克，就算我說我不是變態，
恐怕都沒有人相信，所以還是……算了！）
沒想到，我才洗好澡，就聽到——

男性獸：「快啦，讓我爽一下～」
（……想不到，竟然跟抽煙一樣上癮了～）
女性獸：「哎唷～好啦，那我幫你咬小香菇頭囉～」
（噴～～香，香菇頭？）

我花了好幾分鐘，才把我的下巴推回原位，
雖然我實在無法推測這是指哪一部位，但是我肯定的是，
以後我吃香菇很難保持正常的心情了。

※講評：對於總有人喜歡把食物比作某些身體部位，
　　我要說的是，總有一天你們會後悔～啊，我要去吃香蕉了……

全記錄

時間：原先打算趁著休假跑去運動，卻改成蹲在家裡看書的一天
天氣：當然是下雨囉，不然我幹嘛躲在家裡

這陣子參觀了不少來留言的新聞台台長作品，
勾起我內心最深處的悸動：
啊～我也好想寫點正經的文學作品啊～
這是我當年得到國小作文比賽冠軍的時候，就立下的志願哪！！
無奈，看這樣子，我大概不被當成變態，就已經很偷笑了！
（媽的，竟然還有人鼓勵我朝情色文學作者之路邁進！）

難得的休假，原先打算出去運動運動減減肥，
沒想到天公不作美，
我只好蹲在家中看了一天的書和重播N遍的《賭神》，
不過，我買給自己的生日禮物總算在今天寄到了，
同時，為了慶祝幾天來成功減肥一公斤，離五公斤的目標又進了
一步，所以今天特地買了些餅乾跟汽水來舉行個人小小的party。
（Orz～我根本就拒絕不了食物的誘惑～我沒救了，嗚……）

當我一手拿著雪碧，一手抓著薯條，
嘴裡還自暴自棄地嚼著麥香雞的同時，
隔壁，是的，隔壁的醒來了，只聽得不斷地撞擊地板的叩叩聲，
還有早上剛醒來，嗓子還沒開的喵喵叫聲，
他們迅速地完成了一日之計在於晨的具體實踐。

不過才短短三小時,隔壁的女性獸又開始:哎~呀~

根據這個哎呀的頻率與音調,我把新買的模型玩具往旁邊一丟,

(我就知道,你們一定都以為是充氣娃娃是吧?)

立刻跳到電腦前,

準備通知那群只講隔壁貓叫,不講義氣的朋友們好消息。

就在男性獸嘴裡不斷喊著:「爽了沒,爽了沒?」的台詞下,

還有對門大哥突然開門出去的情形下,

(唷,大哥,不聽完再走?)

男女性獸又成功地讓我再一次證明,我這些朋友很低級。

(搞什麼,你以為網路轉播還有精彩重播的喔?)

又過了幾小時,就在我以為最近他們已經不照三餐玩的時候,

正抓著新模型,在燈光下欣賞的我,又聽到隔壁的聲音了~

男性獸:「妳還要不要啊?」

女性獸:「你在上面我就要……」

男性獸:「哈哈,我正想說這次換妳在上面~」

(噴~~)

接著,更神奇的事情發生了,雖然還沒有進入突擊階段,

但是,兩人卻同時發出噴噴噴的聲響,

依照我多年的……不,我是說多很朋友跟我說的情形對照,

雖然我不知道誰在上面,但我確信,這應該與數字的姿勢有關!

※講評:今天特地將他們三次全記錄寫出來,目的是要告訴大
　　家:唉~之前寒假他們就是這麼訓練我的~

鑑定

時間：累到爬回家的一天
天氣：要下雨就一次下完吧！

除了白天的工作功課之外，晚上還要應付本新聞台的截稿，
想到隔壁在爽，我卻得辛苦地背負眾人的企盼，記錄這一切，
悲憤的眼淚，不禁奪眶而出，真希望能與男性獸易地而處。
（呃，想到女性獸胃口這麼大……突然眼前浮現自己蒼白的面容與
扶著牆行走的模樣……我……還是乖乖多活幾年好了！）

是的，最近也有人反映，「怎麼看來看去，都是搞來搞去？」
我花了13.33分鐘蹲在牆角想，還抽空喝了一杯烏龍茶，
從愛因斯坦的相對論，
一直到「生命的意義，在於創造宇宙繼起之生命」，
（雖然隔壁的不少可能國家未來主人翁，
都被馬桶或垃圾桶接走了……）
突然發現，廢話，本新聞台成立不就是仰賴他們的貓叫起家，
應該不會有人想來這兒看政論節目吧！？

至於有人反應，愈來愈不鹹濕，我只能說，
人家隔壁又不是演連續劇，按照劇本每天加重一點情節，
最後還來一個大結局？
就算看某個女優的全系列A片，
哪一部不是先這樣，再那樣，然後嗯嗯啊啊就結束的？
也不會第一部先淡口味，然後部部加重啊！

（乀，其實，這些我都是聽別人說的～）
只能說，嗯，大家的胃口被我/他們養大了～
總之，今天的重點都不是上面的論述。

話說今天凌晨，隔壁傳來的新聞播報聲音，
很明顯地是講某個研究單位徵求性能力2分鐘以上的自願者，
沒想到……

女性獸：「乀乀乀，人家要兩分鐘的，你行不行啊？」
（嘩，難道你們要報名？那五百人的名額，你們五個月就完成了啊！）
男性獸：「幹X娘，妳是沒試過嗎！！」
女性獸：「那我要鑑定一下囉～」
（………………）

在我拿起面紙擦去嘴角的口水和額頭上冷汗時，
隔壁已經開始一陣扭打，我趕忙地運起冰心訣，
只聽得喵喵叫聲與啪啪聲大作，
男性獸還說了一句，「我要懲罰妳！」
（我要代替月亮懲罰你？……這是月光仙子嗎？）
就在頻率衝到高峰時，廁所的風扇聲又再度響起～

嗯！恭喜恭喜，合格了！五分鐘哩！

※講評：套句《賭神》電影的台詞，「年輕人就是年輕人」……

照片大公開

時間：被吵醒的早晨
天氣：陽光鑽過窗簾，灑在我身上

是的，我知道，很多人看到這個標題點進來後，
會湧起想要扁我的念頭，但是仔細想想，
在沒有更多資訊的情形之下，
我敢保證這是最接近真實的示意圖了！
（不然你們畫給我看啊～）
也相信，在這張圖曝光之後，
應該可以化解不少人對於男女性獸外貌的好奇。

至於台長本人的長相，
（我知道，沒有人關心，但是我一定要說！）
啊！真是沒啥好挑剔的！

回到大家關心的男女性獸動態方面，
在經過前兩天的沈寂之後，昨晚我回到住處，
卻發現他們的鞋子都不在，一股強烈的失落感襲上心頭，
就好比我昨天剝好一顆茶葉蛋，卻失手掉在地上一樣強烈。

正當我以睡覺來抗議隔壁的怠工時，
凌晨的時候，一陣頻繁的咚咚聲，吵醒了我～

男性獸：「看我的十字固定法～」
女性獸：「哎唷，好痛喔……吃我一拳！」

（嘎？一個大大的問號掛在我頭上，
好歹我也算是涉獵不少健康教育的書籍，這種姿勢我還沒見過。）

男性獸：「哼，那我要用祕密武器對付妳了！」
（祕……祕密武器？）
女性獸：「不要、不要、不要……啊～喵喵喵喵…………」

不知怎麼著，我腦海中突然浮現兩個光溜溜的摔角選手，
在擂臺上抱著滾來滾去，就在我快吐的時候，
隔壁廁所的風扇聲又再度響起，拯救了我的床單與枕頭。

※講評：好吧，看來我以後得少看一點摔角節目了。

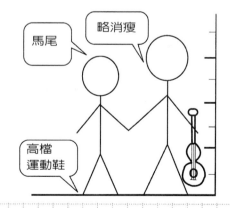

倏～～

時間：思考該換工作的晚上
天氣：悶

讓大家久等了！
畢竟台長我也是肉做的，所以還是得回家度假休息一下，
補充發動冰心訣所耗費的大量體力與精力，
（是精神力，別想歪了！）
沒想到，一場球打下來，
我右腿抽筋，右手也掛點，
只剩下「扶ㄐㄧ之力」而已（當然是手機，不然還有啥ㄐㄧ？）
打起字來一抽一痛的，真是太慘了！
（這也證明，隔壁貓叫的時候，我真的沒在幹麻，
否則右手不會這麼脆弱才是！）

今天有一個不知道我與這個新聞台有關係的朋友跟我說，
自從他看了這個新聞台之後，一直懷疑是他隔壁鄰居在寫他，
害他每次親熱時，都感覺壓力好大，
深怕哪次「時間太短」，會成為網路笑柄！
（看樣子，這傢伙應該是有人旁觀會比較High的人）
我盯著他挺出來的肥肚子，一手搭在他的肩膀上，

努力地把臉上三條線，硬是改成和善的笑臉說：
「大哥，您多慮了！」

講這個的目的，主要是提醒大家，
男女性獸是人間奇葩，
請大家不要對號入座，也不要往自己臉上貼金！
還有，請愛護您的鄰居，畢竟他們是無辜的。
（在此向已經遭到誤殺，或是即將遭到誤殺的網友說聲抱歉，是我
連累你們了！）

最近天氣多變化，很多朋友不是感冒，
就是鼻子過敏的毛病犯了，
女性獸也不例外，這幾天常常聽到她擤鼻涕、打噴嚏的聲音，
前幾天還聽到她嬌滴滴地向男性獸抱怨，
晚上吹電風扇很不舒服。
（廢話，如果是我每天晚上都「運動」完流一身汗就去睡，
然後衣服躺在地上比穿在人身上時間長，我想我也會感冒的！）

今天晚上，我正在上網，同時抵抗成人網站對我的吸引力時，
隔壁不知何時又傳來激烈地滾動聲，
在男性獸純熟的頻率與進度下，
女性獸很快就發出熟悉的貓叫。

在我和對門大哥不約而同地採取降低背景噪音措施後，
喵喵與啪啪聲聽來格外清晰，讓人頗有身歷其境的感覺，
遠比之前在朋友家，以他老爸上百萬的家庭劇院組來看日本動作
愛情片時，還來得過癮與刺激。
（謝伯伯，您的高音要調一調了啦，不然片中的台詞都無法完美呈
現哩～）

正當一切都那麼美好時……

女性獸：「喔～嗯……候，喔～嗯……候！」
男性獸：「……」
我：（隱隱覺得不妥……）

女性獸：「喔～嗯……候，喔～嗯……候！」
男性獸：「……」
我：（還是覺得不妥……）

女性獸：「喔～嗯……候，喔～嗯……候！」
男性獸：「……夠囉！你去擤鼻涕啦！……！╳的，都╳掉了
啦！」
我：（抽搐中…………）

就在女性獸的擤鼻涕聲中，男性獸碰碰地走進了廁所，
結束了這次的砲兵演習。

※講評：想不到男性獸不會被電視打斷興致，但是卻會被鼻涕打
　敗，果然人都不是完美的！

呸、呸

時間：沙塵暴終於遠離的夜晚
天氣：好想開冷氣喔

今天晚上，我帶著疲憊的身心一吋吋地爬回房間時，
赫然發現，唷呵！男女性獸都在家哩！
一時之間，疲勞全消，
感覺天地間一道光芒照在獸窟的洞口，
害我眼角都濕潤了起來。
是的，「深夜問題多，平安回家最好！」
這句話不論用在他們或我身上，果然都很適用。

自從我公開照片後，次多網友詢問的「高檔運動鞋」，
（╳的，台長長啥模樣，是最沒有人詢問的～）
事實上是一雙紅底白邊、加上鞋底磨損的慢跑鞋，
很遺憾，並不是啥具有穴道按摩功用的特殊鞋子。
聽說很多男網友想要買一雙給自己女友試試，
看看會不會有同樣的情形發生，
除了呼籲各位男性網友不要在「體能不健全」的時候以身試鞋之外，
也請各位幫幫忙，如果真有效的話，還請通知小弟我，
好多買幾雙送給周遭的女性友人（……啥……我有說什麼嗎？）
倒是生產廠商應該打出這樣的口號：

「妳還在吃威而柔嗎？那妳一定是瘋啦！
穿本鞋讓妳輕鬆似虎如狼！」

至於最多人詢問的，就是女性獸的胸圍，
很遺憾，在目前女性用來欺騙男性感情的胸圍用具發達情形下，
就算我再厲害，也很難估算實際尺寸，
更何況猛盯著那邊看，
我看我不被男性獸刨出雙眼、打斷爪子，應該就阿彌陀佛了！

話說我回到房間，
帶著微笑洗完澡、登入新聞台準備就緒之後，
果然不負眾人的企盼，
隔壁營房開始傳出火砲就定位的聲響，
隔壁的隔壁那對情侶，
也適時地趕回房間，準備迎接久違的試煉！
然而，平時跟我有如同門師兄弟般接受試煉的對門大哥，
今天卻缺席，
希望這樣的中斷，不會對他的修鍊造成倒退。

就在男性獸「小寶貝、小甜心」的一陣亂喊聲中，
女性獸也將喵喵叫的聲調轉到最大，
彷彿二部合唱一般，氣勢磅礴！
讓我忍不住連續按掉兩通不識相打來的朋友電話！

突然──

「靠！套子用完了，妳怎麼沒去買！」劃破了星空，
（對啊！這麼重要的事，怎麼可以忘記，那我們怎麼辦？）
雖然我很想從門縫遞兩個進去，
但是理智阻止了一件棄屍山谷的兇殺案發生，
因此，我僅能焦急地在心裡吶喊著：快！快去買！

沒想到，男性獸又開口了，「那罰妳幫我……！」
（因為又按掉一通電話，所以沒聽清楚後面的話）
女性獸：「不要啦……」

雖然兩隻性獸接著沈寂好一段時間，
但是最後熟悉的廁所抽風扇聲與奇怪的女性獸「呸、呸」聲，
我相信他們應該找到解決之道了。

※講評：「工欲善其事，必先利其器！」果然好詞、好詞！

照片公開 ver.2

時間：從清晨到現在
天氣：陰雨綿綿

在看了這幾天網友的熱情回應與支持（可能還有眼淚攻勢），
原本個性就十分低調的台長我，
在經過長時間的思考（約0.52秒鐘）後，
決定以行動呼應大家的擁戴，
終於公布自己的照片，雖然沒有親筆簽名，
但是相信喜歡的網友不會介意這些，
還是會熱烈地下載，希望大家在設成桌布的同時，
不要忘了繼續給予肯定與指教。

話說，昨天晚上我被抓去聽完一場奇怪的演講之後，
帶著7-11的便當，回到有網友懸賞高價想參觀的房間。
（或許我該考慮在雅虎奇摩上拍賣房間一日參觀券～）
當我夾起半個油豆腐，以激賞的眼光看著前一口的咬痕，
並快速地塞進嘴裡時，貓叫警報又再度響起。

或許因為我太醉心於吃便當了，
所以沒有聽到砲擊前的準備工作，

也或者是他們是在半夢半醒的狀態下發生，
總之一開始喵喵叫的聲浪，就已經十分激昂，
不時還傳來不知男性獸還是女性獸腳踢床板的聲音。

進行一半，男性獸似乎站了起來，
（依照慣例應該是要拿套套的時候……）
突然又大喊說：「ㄟ，╳的，妳還沒有買喔！！」
（廢話，你們整天蹲在房間，她哪有時間去買……
我借你啊！我借你啊！我心中如此大聲地吶喊著！）

接著一陣肢體扭動之後，
女性獸嬌喊著：「不行啦，你沒戴耶～」
男性獸：「沒關係啦，待會快到的時候，我會……出來……」

我嘴裡的半個油豆腐還一半垂在外面，
想到時下年輕人竟然性知識如此缺乏，
突然為台灣的未來感到悲哀，
就連7-11的便當都知道為了衛生要包塑膠膜，
可是這種會「搞出一條人命」的事，他們卻如此不在意。

想到這裡，喵叫聲又重新開始昂起，
咚咚的聲音似乎還比以前戴小雨衣還來得猛烈，

（ㄟ，可能是因為少了一點阻力吧……）
最後在男性獸「呃」一聲中，安靜了一下，
接著多了好幾聲抽衛生紙的聲響，還有習慣的風扇聲，
結束了昨晚到今天他們的第一次……

※講評：所以說「工欲……」對喔，昨天說過了，算了，大家還
　　是多看看台長的照片好了！

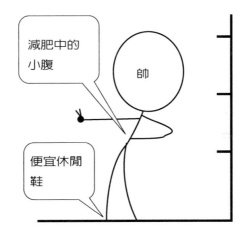

減肥中的
小腹

帥

便宜休閒
鞋

買回來了，買回來了！

時間：打算出去走走的晚上
天氣：春意盎然

哈哈哈哈～～先讓台長我爽一下，
自從公布台長照片後，果然獲得非常廣大的迴響，
不但參觀人數搏扶搖而直上，逼近10萬大關，
看過台長照片的人，全都讚不絕口，
顯示一個新聞台的人氣興旺程度，
還是跟台長帥不帥有關，值得其他新聞台台長參考！

有網友反應，希望我多增加一些隔壁性獸的姿勢與動作的描寫，
所以經過我深思熟慮之後，決定以下面的方式處理：

男性獸使出打狗棒絕招「天下無狗」，四面八方地刺向女性獸，
頓時讓女性獸如波濤中的小舟一般，
籠罩在變化多端的棒法之下。
女性獸眼見苗頭不對，趕緊以左右互搏，左手一招「亢龍有悔」，
擋住正前方的攻擊，趁機右手一招「獒口奪杖」，抓向男性獸的
「打狗棒」。
這招來勢犀利，加上「亢龍有悔」的掌風迎面而來，
男性獸眼見難以躲過，乾脆一個鯉魚打滾，化解危機。
「好妳個小丫頭，想不到這麼陰毒的招式都用出來！」
男性獸喘著氣說。

女性獸踏前一步，揚手指著男性獸，
「哼！等會嚐嚐我吹奏玉簫的厲害！」

是的，在我寫完上述的文字之後，
突然發現我真的成了變態的情色文學作家，
就如同那天我老媽從我嫂子嘴裡知道我的「成就」之後，
指著我說「變態」好幾天一樣。
加上本人真的沒有安裝針孔，也沒有透視眼，
更不可能混進他們的房間，現場觀察性獸生態，
（喂～這又不是教室可以進去旁聽的……）
所以，真的只能盡力而為。

晚上，我帶著嘴角殘存的拿鐵泡沫，回到了住處，
一出電梯，剛好遇到男性獸帶著採買的東西回來，
正在脫鞋子準備進房間。
（女性獸已經在房間裡面了，但是我只聽到聲音沒看到人！）
看到男性獸似乎又變瘦了一點，
我激動的淚水，又差點流了出來，
只好撇頭看著購物袋一眼，
那鼓鼓的袋子中，很明顯地裝了泡麵與啤酒。
（唉，何必為了買個保險套，還故意偽裝這麼多東西哩！）

果然，沒多久，男女性獸就開始準備試用買來的新產品，
一陣天翻地覆的肢體撞擊地板聲與喵喵叫聲如波濤般襲來，
將無助的我如小舟似地籠罩其中～

（嗄？用到上面的文字了……）

冰心訣的功力雖然我已經發揮十成，但是誘惑過大，

仍然讓我心跳加速，面紅耳辣，逼著台長我只好做起減肥操，

（就是最近讓小腹變瘦的啦！）努力保持鎮定。

隔壁黯然銷魂的聲浪愈來愈大，

尤其在男性獸要求女性獸爬到他身上之後，更加大許多，

正當我差點走火入魔之時，

男性獸：「啊？滑出來了！……妳別動啦，套子還塞在裡面！」

（臉上三條線～）

雖然過了一分鐘後，貓叫聲繼續響起，

但是，不知道是不是因為這件事之故，

男性獸沒兩三下，就直嚷著：算了！算了！

接著乒乒乓乓地走到廁所，讓抽風扇聲大作……

我把差點噴出來的拿鐵又吞回肚子裡，

想到男性獸最近自從跟套套結仇之後，好像連續幾次都很不順，

開始擔心，上次一位老翁連續不射，

最後導致結石、癌症的案例，不知道會不會發生在他身上？

萬一真有萬一，

為了廣大的網友，看來台長我只好邀請女性獸來我這兒坐坐……

至於新聞台，只好請男性獸幫忙寫了^_^

※講評：唉！男人都變成小弟弟的奴隸了～

貓叫主題曲

時間：連戰去大陸的晚上
天氣：我晾的衣服乾不了的天氣

聲音檔

作詞、填曲、演唱：男女性獸

嗯～嗯～嗯～喔～喔～喔～

嗯～嗯～嗯～啊～喔～喔～

嗯～啊～嗯～啊～喔～喔～

（以上重複至少十遍）

嗯～啊～嗯～啊～喔～

嗯～啊～～～～～～～

噹噹！應各位的要求，我終於把隔壁貓叫的聲音記錄下來！

為了讓原音重現，還特地將歌詞部份整理摘錄，

讓各位可以在家自行演唱，不論是RAP、古典、爵士風格，

只要您喜歡，都可以嘗試。

雖然大家一定覺得被我擺一道，但，事實上，我一點也沒爽到，

因為，隔壁男女性獸吵架了！

這是一個非常嚴重的情形，
就好比昨天連戰出國，
藍綠支持者在機場大打出手一般，
讓人對台灣……不，對本新聞台的未來感到憂心！

話說，今天凌晨我才一走出電梯，
隔壁房間就傳出男性獸如雷般的吼聲，
登時讓我腦中浮現米高梅電影公司片頭那隻獅子的模樣～
我趕緊奔回房間，就聽得男性獸說，
「妳搬出去啊！妳明天就搬出去！」
剎那間，如果我能看到女性獸臉的話，
我相信她跟我一樣被嚇白了，
就如同那次我開車在高速公路
追撞一位開歐洲名車阿伯時的臉色一樣。

正當我腦海中開始盤算萬一女性獸被男性獸毆打，
我該如何破門英雄救美……
然後再用外衣披在衣衫不整的女性獸身上，
接著載她前往醫院驗傷，之後她因為感激我，
所以就說：「小女子身無分文，僅能以身相許……」，
然後我笑淫淫，ㄟ，打錯，是笑盈盈地撥開她的外衣，

帥帥地說：「這是我的外衣，還給我就好～」時……
女性獸開口了：「哼，明天我就走！」
（驚！這是幻覺吧，這嚇不倒我的！）

兩個人乒乒乓乓地忙了一陣之後，
傳來關燈的聲音，
我的心也隨著突如其來的寧靜而沈了下來，
（雖然兩個人曾為了被單誰蓋得比較多而吵了兩句……）
甚至讓我連鞋子都忘了脫～

※講評：原以為早上起床會有讓我放心的發展，但是只見兩雙鞋
　　　子安放在門口，兩個人都還沒有起床……怎麼辦～難道以後真
　　　的要台長寫自己的日記嗎～～

人間四月天啊！

時間：王建民上大聯盟的日子
天氣：午後有短暫陣雨

沒事、沒事、沒事！女性獸回來了！
多少人看到這句話之後，會流下激動的眼淚～
有多少人想到這個場景，會懷著感動的心情～
就好比我一度對錯欄位，誤以為自己中了12億頭彩一般，
那麼地雀躍，那麼地歡樂！
（唉～算了，這輩子就只有發票中兩百的命！）

本來嘛！小倆口打打罵罵，正常得很，
畢竟是這麼棒的對手，
我相信他們應該也很難再找到能夠匹敵的了。
（乀，當然囉，主要是台長我不願意出手啦，不然喔……）
倒是因為他們吵架，讓許多網友擔心以後生活失去重心，
也有很多人鼓譟，希望台長寫寫自己的日記！
其實，不好意思啦，台長我是具有傳統美德的好男人，
私生活非常合法守規矩，而且擁有柳下惠的功力，
就算胸部再大的美眉，我都……呃，我是說我都能忍住！（一隻
手偷偷把那一大盒的套套藏到身後～～）

更何況，台長我長久受孫子兵法薰陶，
因此謹遵「不動如山、侵略如火」的精神，

一出手，就絕對沒話講，
我擔心一天的日記得分成上中下三篇、共三天連載，
這樣對一般讀者而言會造成困擾，這樣我就罪過了！
（嗯？有殺氣～）

話說，今天傍晚，隔壁的房門突然傳來鑰匙開門的聲響，
台長我立刻啟動第一級戒備，
果然，令人懷念的女性獸嬌甜的聲音，又傳進我的耳朵，
讓我興奮地在msn上釋放這個讓人振奮的快報，
不久我的朋友之間，就瀰漫著一股歡樂的氣氛，
有如兒時台灣少棒隊拿到冠軍，鄰居奔相走告、
街頭巷尾放起鞭炮、舉國歡騰的感覺。

沒一會兒，和好之後的男女性獸，似乎安穩地看著租來的DVD，
（我肯定，絕對不是日本愛情動作片！）
同時還傳來易開罐拉開與零食的咀嚼聲，
雖然到我寫完為止，兩個人都沒有展開正常的生活，
讓我過了一個沒有喵喵叫的夜晚，
但是對我與大批網友而言，
相信這遠比連戰帶回貓熊還值得慶祝！

※講評：算算日子，我好像又快可以放MC假囉……（怪了，這不
　　　是女生才能放的嗎？）

自發性喵喵叫

時間：有王建民勝投、有大火、有資深藝人過世的一天
天氣：梅雨來囉

這兩天台長我又跑回可愛的家鄉，
享受陽光、草坪、汗水的壘球運動，
幻想著自己如同陳金鋒般地揮棒，
（當然，我只學到陳金鋒被三振的樣子……）
沒有更新，還請大家見諒。

不是該MC假了嗎？是的，台長我也很好奇，
算算日子，的確該到了，相信不少死忠的讀者，
也早就做好心理準備，等著看台長寫出自己超長的上中下日記。
不過，以剛剛發生的情形來看，
如果不是女性獸的MC亂了時間的話，
就是上次他們不戴套套玩出人命了～～

話說，我開著車，一路冒著今年第一波梅雨鋒面殺回了租屋處，
進門把「媽媽的愛心」── 一堆水果塞進冰箱，
並把臭襪子以漂亮的空中三圈半丟進了洗衣藍中，
同時，將上周五以為可以用到，
但是卻又沒用到的套套放回抽屜。

突然間，我聽到對門大哥的電視突然降低聲音，
直覺告訴我，試煉開始了！

果然，女性獸以快速的頻率，
讓喵喵叫的聲音散布在我的房間裡，
問題是，怪了？
音調怪怪的，而且沒有肉肉撞擊聲？沒有床板咚咚聲？
難道又是日本動作愛情片？還是說，女性獸在08>C？
正當我滿腦子充滿疑惑的時候，男性獸說話了，
「哦？幹嘛？又想要了喔？」

隨著對門大哥突然發出的東西摔落地面聲音，
（喂～夠囉～電視關小聲了都還搞出這麼大聲響！）
傳來了男性獸碰碰碰的上床聲，
接著男性獸說：「老婆，過來～～」

雖然已經習慣他們這樣的模式，但是，沒辦法，男人嘛！
一興奮就會有液體噴出體外……
（我是說興奮的鼻血，你們這些邪惡的傢伙！）
所以我只好拿著衛生紙，掩著鼻子，
繼續聽著隔壁由嘖嘖聲，轉為啪啪撞擊聲，
直到最後的廁所風扇的聲音為止。

※講評：想不到女性獸的MC還沒來，我的鼻子就先替她流了鮮血～

搏命演出的一篇

時間：破14萬人的夜晚
天氣：雖然沒下雨，但是很悶，跟我的肚子一樣悶

關於今天的文章，台長我可是應我經紀人的要求，
（ㄟ？我啥時被簽下來的啊？）
搏命寫出來的～～

話說昨天晚上，因為下雨，懶得出去吃飯的我，
又開開心心地買了超商的便當，
蹲在家中好好地花了三分鐘扒進嘴裡，
沒想到，八點多，肚子充氣般地漲痛，然後開始上吐下瀉，
看著前不久還在飯盒裡的肉片，如今在馬桶裡載浮載沈，
通過冰心訣第九級試鍊的我，當然決定採取「硬睡」的精神，
倒在床墊上，卯起來睡覺。

沒想到，肚子痛到實在受不了，整個人只能含淚在床上爬行打滾，
同時猛搥床板發洩，相信隔壁正在親熱的男女性獸，
一定以為我正在抗議他們的喵叫，
或是在配合他們的節奏在OGC～

由於肚子實在太痛，自己沒有任何力氣開車去醫院求助，
我甚至腦中一度浮現自己去敲他們的房門……加入……

他們的行列……ㄟ，我是說請他們送我去醫院，
但是理智再度提醒我，下雨天，還是找個有車人比較好，
最後靠我的高中同學伸出援手，載我到某醫院急診～

雖然小護士在我肚子最痛的時候，堅持我一定要先完成掛號；
雖然在我痛到又想吐的時候，
醫師告訴我電腦正在重整資料，暫時無法開藥；
雖然小護士幫我打針時，
那一句「褲子脫下」，讓我胡思亂想好久……
總之，醫師最後叮嚀我：「你這兩天，只可以吃白土司和稀飯。」
讓我今天吃了三頓白土司大餐。

今晚，就在我看到該死的日本台播著馬拉松大胃王比賽，
那一盤盤的牛排、漢堡，讓我髒話罵不完的時候，
隔壁的男女性獸又回來了！
不過，ㄟ？好像多了一個女生（簡稱A女）的聲音！！
我的腦海中瞬間將牛排、漢堡踢了出去，在心中用力吶喊著，
3P嗎？不要啦，找我過去剛好四個人……可以湊一桌啦～～

只聽得他們霹靂啪啦地拉東扯西，
竟然就開始吃起大餐來，（真沒人性！）
吃著吃著，男性獸說話了：「阿妳們女生常熬夜喝酒月經會亂
喔？」
（廢話，你健康教育是白學囉？）

A女：「對啊，不然咧？」
女性獸：「他超白癡的，我這幾天來遲了，結果他超緊張，
還以為我懷孕了～～呵呵呵……」

來遲了？所以表示終於來了嗎？
這讓因為身體虛弱、沒有自信還能以冰心訣抵抗貓叫的我，
稍稍感到一點安心……

不過隨著女性獸一度下樓丟垃圾，
讓捧著悶悶肚子的我，竟然又在心裡忍不住吶喊著：「推倒A女
啊，你這個笨蛋～～」（這想法真有夠邪惡……）

※講評：放假囉～放假囉～台長我放假囉～

戶長報告

這對焚膏繼晷夜以繼日的男女性獸，
竟然接近一週沒有傳出貓叫。
坦白說，連我也狐疑很久，趁著出門吃飯的時候，
在獸窟的門口瞧了很久，
（去～還差點被隔壁的隔壁那對情侶當成怪叔叔！）
發現管理員大哥昨天分送的信件，
還老老實實地放在男性獸很久沒穿的鞋子上面，
（那雙鞋子沒有長香菇，還真是奇蹟！）
想必男女性獸應該都趁著母親節，
回家感謝母親讓他們降臨，才有機會遇上這麼強的對手～

總之，請各位耐心等候，
反正男女性獸絕對不會因為這兩天的關係，
就戒掉長久以來的生活習慣！
總有一天，**他們會回來的！**

母親節特別紀念版

時間：母親節的晚上
天氣：豪雨來臨前的寧靜

這幾天，辛苦大家了，
想必很多網友食不知味，睡不安穩，
就因為隔壁讓台長我放了小小的MC假～
（喂！勞工都還有勞基法可以保障，台長總可以沾點邊吧！）
不少人抱怨，「阿台長你不是要寫自己的日記墊檔？」
很遺憾，台長擔心自己的一夜經過，就必須分成好幾天寫，
說不定會變成現代版的一千零一夜，因此，想想還是算了！

回到大家關心的隔壁動態上。

話說台長我今天殺回家，當了半天媽媽的好兒子之後，
就速速趕回租屋處，堅守在隔壁砲兵陣地的外圍碉堡，
隨時監視著任何動靜～
「╳的，還敢說你不是變態！」是的，我知道大家一定會這麼想，
相信看到我這篇文章的兄弟姊妹，恐怕也會這麼認為，
「難怪母親節你還要這麼早回學校那邊！」
唉，黃河？黃河？你在哪兒？讓我跳一下吧！

正當AXN又繼續播出已經不知道多少遍的《黑鷹計畫》，
而我也竟然還繼續看的時候，「砰！」的關門聲，

讓我立刻跳了起來,以雙手向前伸出,忍不住激動地喊著:
「男女性獸,您回來了,您終於回來了,您的母校……」
(不好意思,離題了。)
只聽得隔壁包包落地的聲音,接著一聲巨響,一陣小小聲的對話,
就這麼配合著被我按成無聲的《黑鷹計畫》畫面傳到我耳朵~

女性獸:「嗯~~」
男性獸:「剛剛我在車上,就好想吃掉妳耶……」
女性獸:「哎唷,人家一身汗,還沒洗澡啦~~」
男性獸:「沒關係,我幫妳舔乾淨!!」
(你……是狗嗎?)

配合著不斷中彈倒地的索馬利亞人情節,
隔壁的砲擊聲浪開始一波波高漲,就連剛剛回來的對門大哥,
也在隔壁門前停了一下,(啊!你這個幸運的混蛋~)
然後乒乒乓乓地衝回房間就定位。
(就是這個動作,讓我確定是他!)

最後,就在男性獸,「啊,糟糕糟糕!」一聲,
然後傳出衛生紙抽取聲,接著廁所的抽風扇也跟著響起,
台長我「上班」的第一天,他們就這樣結束了!

※講評:這天是母親節,不過,看樣子他們又讓子子孫孫無功而
　　返~女性獸距離升級為母親,還得加加油!

這種東西也能補喔？

時間：隔壁想要正常作息的一天
天氣：這個雨是想把今年的量一次下完嗎？

有網友說，這個新聞台已經紅到美國，加上之前的對岸網友，
真正已經做到「人無分男女老幼、地不分南北東西」的境界，
想不到一對台灣某國立大學的情侶，
雖然無法在音樂表演中打出名號，
但每次喵叫卻都能團結海內外廣大華人的心，
堪稱繼璩╳鳳事件後，又一項台灣的奇蹟！
不過，人家王建民上場投球，也是海內外關心，
甚至公共電視還做轉播，不知道男女性獸哪天會不會也……
（如果沒被男性獸做掉的話，或許我該考慮當他們的經紀人！）

有網友一直很好奇，台長我應該常常在門口遇到女性獸，
也應該有機會一親芳澤……ㄟ，我是說閒話家常，
事實上，這的確也是一件很神祕的事，
我一直懷疑女性獸根本就是被男性獸豢養，
因為每次他們睡醒辦完事，
都是男性獸騎車下山「覓食」，
然後帶回山上吃（當然吃飽後又要「做事」）！
所以女性獸除了上課、回家、出去玩、表演等出去遛遛外，
大概就是蹲在家裡，

讓我一直有「該不會從頭到尾，男性獸都只是跟一個充氣娃娃做而已」的念頭。

回到最新發展，今天晚上下起傾盆大雨，
雨在海峽這邊下著，雨在海峽那邊，也下著，
滿山的樹全濕了頭……呃，不好意思，一時余光中附身，
總之，正當雨下著正猛的時候，
男性獸碰碰地回來了，經過一陣霹靂啪啦的聲響後，
兩人又安靜地看起電視，而我也安靜地扮演文藝青年，
努力搜尋著成人文學網站……
（啥，這不叫文藝喔？）

沒過多久……
（大概就是我看完兩篇成人文學的時間……）

女性獸：「人家想要啦……」
男性獸：「……我剛剛淋雨，頭有點痛……」

不會吧！想不到咱們鐵打的男性獸，
竟然用頭痛這種爛理由來逃避「責任」！
難道還沒唸完大學，男性獸就已經報銷了嗎？
「上啊，你這俗辣！」我心中吶喊著，「你要我如何跟廣大的網友
交代啊！」
只聽得女性獸哎哎唷唷地碎碎念了一堆，
男性獸：「那……明天啦，明天我補給妳！」

嘩～想不到啊，如果按照過去正常一天三次的程度，

這個明天豈不就六次？

好！我明天就盯緊瞧……不，我是說用力聽，

看你們怎麼六次！！！

※講評：看來男性獸有點油盡燈枯的跡象，我該買雞精放在他門

　　口嗎？

挑戰3+3大曝光

時間：一早爬起來看王建民首勝的日子
天氣：陰天，但是總算沒下雨

最近有對岸網友希望台灣能贈與一對性獸，
經過我與關心台灣保育的朋友詳細討論後，
覺得性獸畢竟是台灣稀有種，應該受到妥善的保育，
加上目前輸出的檢疫工作，
到底該算動植物防檢，還是衛生署的管轄，實在很難界定；
而對岸是否有足夠的技術飼養性獸，也是難以評估，
因此，除非未來大量培育成功，才會考慮拿性獸交換熊貓，
還請對岸網友耐心等候。

當然，今天最大的消息，就是王建民贏了！
不枉費台長我拖著昨晚跟男女性獸鏖戰到凌晨的疲憊耳朵，
又一早爬起來看比賽～
沒錯，昨晚我的房間真是有如第一次世界大戰，
兩邊陣營在攻擊發起前，發動一波波長時間的砲擊，
砲火猛烈、密集的程度，
讓台長我只能像周星馳在《少林足球》的畫面一般，
無助地在床上爬行著，
就連對門的大哥，也反常地在第三次砲擊時，棄械逃亡～

讓台長我更顯得無助孤寂。

話說昨晚七點多，隔壁傳出第一次的喵喵聲，
由於完全沒有任何前兆，
當我發現時，已經進入鳴衝鋒號的階段，
正當男性獸嘴裡喊著：「來了沒、來了沒？」
女性獸的貓叫拉出一個長音，劃下句點～

當我還來不及向各位做出檢討報告時，
大約九點多，隔壁發出一陣地板響聲，
經驗豐富的我，立刻拿起白板筆，在我的小白板上連劃兩筆，
果然貓叫聲由小而大，由近至遠，
沒多久就把我心中小鹿撞得眼冒金星～

不到晚上12點，男性獸的火砲再度備妥，
這次在男性獸的要求下，由女性獸在上面進行操作，
（看吧，開始沒力了吧～）
才進行不到10分鐘，
對門大哥可能因為體力難以負荷冰心訣的消耗，
加上奇怪的碰碰聲與衛生紙抽取聲，
（可能是打噴嚏後，來擤鼻涕吧～）
竟然開門逃離修行道場，讓我非常難過。

第四次貓叫，是發生在快兩點的時候，

男女性獸就在一聲，「再來吧！」的口令之下，

（嘩～你們真的在拚記錄嗎？）

台長我再度發起快要不行的冰心訣抵擋，

經過了……靠……我都沒力氣看時鐘了啦，

總之，他們又完成一次。

台長我自暴自棄地想，看來這次他們是吃了秤鉈鐵了心，

真非要做滿六次了，而我也得徹夜不眠地作下記錄，

（唉，人家不睡是為了爽，我不睡，竟然只是為了讓這些讀者爽～）

正當我沮喪地趴在電腦前面，準備靠著成人網站來提神時……

男性獸：「妳還要嗎？」

女性獸：「我好睏喔……呼～～」

男性獸：「那……睡吧……」

啥？你們今天不是要湊六次嗎？

我盯著牆上差一筆就完成的「正」字，

想到果然是「譬如為山，未成一簣，止，吾止也」，

對於他們未能創下紀錄，僅能留下無限遺憾～

不過，想到他們今天從醒來就開始做，

一直做到睡著，的確也為人類生活的意義，寫下新的一章。

※講評：真想知道，男性獸第二天一覺起來，是不是扶著牆走路～

一次，又一次

時間：下雨下到台長快要抓狂的時間
天氣：嘎？雨下到馬路上有小瀑布

最近有許多網友私下寫信給我，
除了卯起來打聽性獸到底住在哪所大學附近之外，
很多人也會跟台長提及，
過去自己曾經與愛人在木板隔間的小套房天天瘋狂的往事，
甚至也有不少人對於當時造成隔壁「獨居」室友的困擾，
表示懺悔之意。
是的，台長我頓時由情色文學作家（唉，實在不想承認！）
變身為告解的對象，也算是意外之舉，
不過～～為什麼還是沒有人要打聽台長我咧？

另外，有網友建議台長成立男女性獸後援會，
會員不但可以得到限量的T恤、性獸貼紙，
還有機會到神祕的台長房間朝聖，
雖然不知道為何聽起來就像一群變態聚會的組織，
就連電視台該怎麼介紹這個團體，
我大概心中都有譜了，
可能畫面上一堆人臉部打馬賽克，
或是從頭到尾都採用變音照背影的方式；
但是我可以確定的是，
男女性獸不但不會替大家簽名，

台長我距離被棄屍山谷又更近一步了～

回到大家非常非常關心的話題上，
男性獸自「挑戰3+3」之後，到底還清沒有？
為了徹底了解觀察，我趁著休假的期間，蹲在家裡不出門猛看
DVD，（是大陸劇，不是愛情動作片～）
而男女性獸也因為下雨的因素，沒有離開獸窟，
但是依據台長我撰寫的《性獸觀察手冊》
所收錄的性獸活動量表評估，
3+3失敗之後的：
第一天，一次；
第二天，一次！
男性獸這樣的欠債情形，
相信學金融的網友們一定會被嚇出一身冷汗，
姑且不論循環利息的問題，光是本金就不知何年何月才能還清！
畢竟十年修得同船渡，半百修得隔壁住，
（很明顯的，後面那句是台長唬爛的，小朋友不要學！）
讓我一度興起替男性獸還債的念頭，
不過想到台長我也有債務要還……ㄟ，我是說，怕被滅口啦，
所以只能看著男性獸債臺高築，
真擔心他會在女性獸逼債之下，做出想不開的舉動。

※講評：俗話說，「要錢沒錢，要命一條！」
　　看樣子，男性獸快要保不住這條命了！

塞住了

時間：被逼著回來守候隔壁動靜的晚上
天氣：終於～終於不下雨了

最近有很多網友反映，「台長你怎麼拖稿了～」
是的，這是台長一個心中的痛，
畢竟天要下雨，娘要嫁人，隔壁不貓叫，你能奈何！
更何況，不是每次貓叫，都是有內容的，
男女性獸難免會有想要以小市民方式進行結合的時候，
大家就別太苛責他們了，
總不能叫台長我破門過去技術指導，
那第二天《蘋果日報》的頭條應該會是：
「變態狂破門侵入，迫情侶照章嘿休！」

另外，更有網友寫信給我，
表示自己和女朋友都是本新聞台的忠實讀者，
為了驗證男女性獸的一日三次正常作息，
他們也很努力地試了三天～完全照三餐來貓叫，
（呃，辛苦了～～）
結果，聽這位讀者說，大概在第三天早上的時候，
他開始出現走路不穩的情形，
能活著寫信給我，也是在女朋友的協助之下，才辦到的。
台長我在此呼籲各位讀者，這是玩命的行為，

除非有過人的膽識與能力，否則請保重自己，
畢竟留得青山在，不怕沒柴燒啊～

今天是悲慘的一日，
話說傍晚，台長我被一票不講義氣，只講貓叫的朋友逼回房間，
要我堅守崗位，忠實地為讀者服務，
我含著不情願的淚光，
一邊喝著茶，一邊蹲在家中看著《漢武大帝》的DVD，
趁著換片的時候，將體內多餘的水分，對著馬桶進行瘋狂掃射，
當我滿意地按下沖水，
同時洗好手，打算在毛巾上擦兩下時，
這條為我服務不到一個月的毛巾，竟然以迅雷不及掩耳的速度，
想跳馬桶逃生，驚訝的我只看到毛巾在馬桶裡轉啊轉，
然後……就塞住了～～

正當我考慮該以什麼武器逮捕毛巾歸案時，
隔壁，隔壁又開始出現高昂的呻吟聲，
這聲音衝入我耳中、貫出我腦門，接著直入雲霄，頻率之高，
就連夏褘尖著嗓子喊著「你們是不是人生父母養」都比不上。

突然間，
女性獸嗲著說：「嗯～～別把那個╳進來嘛～～」
男性獸：「……」

女性獸：「哎唷～會不會髒髒的啊～」
男性獸：「沒關係，我洗過了！」
（嘎？哪個髒？不是有套？）

女性獸：「啊～～好痛喔！！我不要我不要啦！」
男性獸：「好啦好啦，那我改放……」
（呃……）

我看著以竹筷子夾起來的毛巾，
環視著我的房間，實在找不出可以塞進去的東西，
最後只好把毛巾直接丟到垃圾桶……
但是，毛巾可以塞進垃圾桶，那男性獸到底塞進啥，
相信將成為本世紀的一大懸案～～

※講評：人類總是對一些坑坑洞洞感到好奇，也總是會想用東西
　　　　填起來，君不見馬路出現坑洞，就一定會補起來嗎……ㄟ，這
　　　　好像是兩回事喔～

角色問題

時間：自暴自棄吃太多的一天
天氣：非常適合躲在冷氣房吃東西

自從台長我捧紅了男女性獸與對門大哥這三個角色之後，
有網友反應隔壁的隔壁情侶戲份太少，
希望能增加他們的演出；還有網友表示，
希望能多增加一點角色，讓故事更添多元！
依照這個想法，不久之後，
本新聞台還會出現手槍、汽油、番仔火、雞蛋糕，
然後包租婆與斧頭幫也會加入演出；
既然如此，乾脆搞大一點，開放網友報名參加演出──

男女性獸迅速加溫，
一時貓叫聲如同雷雨一般，轟隆從天而下，
碰碰撞擊聲，也有如火車車輪與鐵軌發出的碰撞聲，穩定而規律。
這樣的情境，
不但讓對門大哥安靜了下來，
連同門外灑掃的清潔工，
換燈管的管理員，
修電梯的技術員，
還有不小心走錯樓層的樓友，
紛紛放慢了速度，聆聽這來自人類最原始的吶喊，春天的吶喊～
嘎？有沒搞錯？

人家裡面辦事，房外安排一大群角色是幹嘛！？

另外，也有網友下注，打賭性獸窟到底位在哪個學校？
甚至寫信希望與台長二一添做五，要台長稍微透露一下！
很遺憾，在了解賭資大約一百多元後，
台長決定繼續裝死，等到累積到20萬以後再說。

至於這兩天，台長我一度懷疑男女性獸已經知道本新聞台的存在，
除了跟我比安靜地蹲在家裡外，連講話都變小聲，
使得台長我擔心地自暴自棄，開始大吃大喝起來，
讓好不容易在兩個月內瘦下來的四公斤，又面臨了嚴重威脅～
（啦啦啦，離題，我只是要炫耀減肥四公斤罷了～）

就在台長我連續度過兩個安靜地可怕的夜晚後，
今天凌晨，終於有了動靜！

就在電視播出《麥兜故事》聲音穿梭在隔壁與我的房間之時，
男女性獸似乎也被這隻小豬挑起了情慾……

男性獸以低沉的聲音，說：「ㄟ，我想要～」
女性獸：「嗯～～」
電視中的麥兜：「老闆，我要魚丸粗麵……」

男性獸：「來啦！！！」

女性獸：「我不想動耶……」
電視中的麥兜：「沒有魚丸啊？那來碗墨魚粗麵……」

雖然我盯著這隻卡通豬看了許久，
不知為啥，一點也興奮不起來！
但是不久之後，隔壁還是傳出噴噴的響聲，
隨著麥兜開始跑去學搶包山，
摻雜著男性獸嗯嗯聲的噴噴聲，也逐漸大了起來，
不斷地對抗著黑沈而寧靜的夜幕，也刺激著我亢奮的心；
就在電視播出某牌一番榨生啤酒的廣告時，
男性獸似乎也被榨出……ㄟ……我是說……就是一陣啊呼的喘息
聲……

接著傳來女性獸的抱怨聲：「哎唷，快到了你不會先講喔……咳
咳～」

※講評：嗯，兩天沒用，那的確會讓人咳……嘎？我在說什麼？

裡面是空的

時間：台長我減肥達到五公斤目標的一天
天氣：炎熱

沒錯沒錯，台長我終於減肥減了五公斤了，
雖然可能沒有幾個人關心這件事，
但是我還是要大聲地讓大家知道，
因為台長變瘦了，最近稱讚我「帥」的人也增加了，
就連周日下午在家門口洗車，雖然整身髒兮兮的，
還是有一個阿伯飄過來和我哈拉，
（是的，當初嚇我一跳，還以為台長的身份曝光了！）
沒想到聊了一會兒，阿伯竟然想要把女兒介紹給我，
真是讓我受寵若驚～
當然，台長我畢竟是謙謙君子般的好男人，
怎麼可能因為幾句話就答應呢，
起碼也要告訴我他女兒的條件嘛……

話說這幾天天氣很熱，當然對男女性獸而言，
是非常適合蹲在家裡吹冷氣、享受兩人世界的好時刻，
今天晚上也是這樣。

台長我剛剛返回住處，打開電腦，載入msn，
然後面對一堆質疑我為啥兩三天沒有更新文章的網友視窗，

（唉，連公司的長官都不會這樣奪命追殺我，
結果反倒是沒有領薪水的新聞台讀者比較可怕～）
正在自暴自棄地與網友虛與委蛇時，
獸窟開始傳來罕見的一陣陣撞擊牆壁聲音，
就這樣咚咚地響著，讓我頓時精神大振，
除了運起冰心訣神功之外，
也開始推敲著隔壁的可能位置關係圖……
雖然咚咚聲頻率不快，
但是還是令人憂慮男性獸的臂力、腰力與腿力，
萬一有個萬一，不但他的一輩子這麼毀了，
相信本新聞台的讀者也不會這樣放過台長我。

接著廁所風扇響起，
正當我狐疑著明明還沒有結束，怎會有風扇的時候，
貓叫聲開始以一種空洞的方式傳到我耳際，
配合著帶點回音的啪啪聲，
還有男性獸：「看……看妳的表情，快看啊～」的話語之下，
女性獸立刻喵喵聲大起，
相信對門大哥雖然開著冷氣，應該也能感受這樣的血脈賁張～

經過了幾分鐘，突然只剩下了風扇聲，
台長我知道終於解除了警報，準備上網與網友分享時，
男性獸：「ㄟ，妳看妳，都有點下垂了啦！」
女性獸：「后～你還嫌我，那我以後回家還是要戴……」

想到有時候在房間門口與男女性獸擦肩而過的時候，
她T恤裡面到底有穿沒穿？嘎～～

※講評：下次也許我應該假裝跌倒撞過去看看……然後就被男性
　　獸棄屍山谷吧……

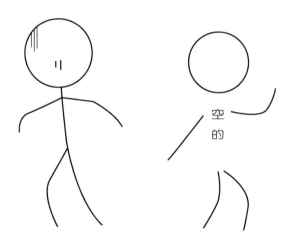

空
的

影帶教學

時間：又衝回家的一天
天氣：足以讓我的車車在高速公路上龜速行駛的雨勢

有網友問我，
「台長你到底是念啥的啊？為何可以用這麼幽默的文字還有許多典
故來描寫隔壁不過就是嘿咻的內容？」
是的，先容我失禮一下
（轉身過去，兩手插腰，對著天空大笑：哈哈哈哈哈哈哈哈～～）
咳咳！不好意思，是這樣的，這種東西也是很講天分的，
也需要後天的磨練，看著我成山的經典書籍，
以及來自日本的愛情動作片……ㄟ，我是說《銀河英雄傳說》之
類的卡通，加上在健康教育方面的深度研習，
才能有這樣的成果！！

另外，有人還是非常好奇，
以這個新聞台廣為流傳的程度，難道男女性獸會不知道嗎？
關於這個問題，經過台長我長時間的觀察，
以及0.25秒的長考之後發現，
雖然女性獸最近搞了台筆記型電腦使用，
不過以他們每天如此正常固定的作息，
相信電腦最多也只具備高價位打字機的功用而已！
（至於有沒有用來看成人網站，那就不得而知了～）

話說今天下午，台長我殺回家中拿我周末遺落在家的東西，
拚著幾乎看不見路的大雨，飆回了獸窟旁的陣地。
我才一走出電梯，就與女性獸的貓叫撞個滿懷，
（耶！我終於用上了余光中的文字～那個誰誰誰，妳輸給我了！）
喵喵聲撲面而來，有如強風一般襲上我的面容，
讓我當場連退三步，運起最高段的冰心訣，
飆著冷汗走向我的房門口～～

沒想到短短十來公尺的路，竟然讓我走得如此艱辛，
（ㄟ，其實，這時候誰會想走得太大聲、太快哩～）
就在經過獸窟門口時，
傳來男性獸的聲音：「ㄟ，妳快看，我們也來試試那種姿勢好
嗎？」

我定神一聽，唉唷，果然是我不熟的川島X津實的聲音，
又搭著啪啪聲傳了出來！
（嗯？她不是退休了嗎？應該不會有新作品吧？）
（啊，我不熟我不熟……）

我以極快的方式，鑽進了我的房間裡，
同時以手機簡訊告訴我的朋友這項消息……

就在啪啪聲減緩的同時，

男性獸：「老婆，我也要試試走那邊～～」

（嘎？走那邊？上邊下邊？）

女性獸突然提高分貝，以淒厲地聲調：「啊！好痛好痛好痛好
痛，不要不要不要不要～」

雖然男性獸經不起這樣的刺激，很快就開啟廁所風扇了，
但是滿臉都是線的我，又開始浮現摔得稀爛的香蕉影像～～

※講評：片片裡的東西，凡人不要學啊～

親愛的，你確定片片裡的姿勢
就是這樣擺嗎？

牽托～～

時間：好累的晚上
天氣：沒有下雨

不知不覺，本新聞台瀏覽人數已經突破30萬大關，
留言版最近也開始出現網路壅塞難以登入的情形，
以這種人氣來看，台長我似乎也該開始準備和某些名流一樣，
先與名模傳出緋聞，
然後不小心產下兩子，然後不小心又跟其他女明星外遇，
然後又產下兩子，然後又不小心跟其他女明星再度外遇……
唉～成名好煩～

有網友抱怨，自從台長我提及有人嘗試挑戰男女性獸的紀錄後，
他和女朋友親熱時，每每換個姿勢、講句調情話，
都會發現有男性獸的影子，讓他非常苦惱；
更糟糕的是，因為女朋友也有看本新聞台，
如果他不小心引用男性獸的對話或動作時，
都會造成女朋友笑場……
當然，輕則他成為全台男性中四分之一的快槍俠，
重則就讓小弟弟當場被氣得滾出雨衣……
（你累了嗎？保力達蠻牛……）

另外，也有網友希望台長公布msn帳號，
哎唷喂呀，大家知道晚上12時上網，

結果啪啪啪啪一堆人msn敲你問，「為啥還沒更新？」
然後你說沒有好玩的，一堆人開始提供自己點子，
從自發性貓叫到多P，從塞道具到碧血洗銀槍，
（坦白說我懷疑根本就是他們的自身經驗！）
又或著當你發現隔壁開始貓叫，結果一堆人要你網路轉播～
喂！真擔心哪天根本就是男女性獸跟我在msn上連線，
我看……還是請大家用寫信的吧！

今天是周末，相信不少網友已經拉著另外一半前往汽車旅館，
或是假裝看電影，然後上下其手了……啥，只有我會這麼做喔～
咳，總之，原先計畫繼續參觀薇閣不同房間特色的台長我……
（沒，我是個失眠文字工，我會出現在薇閣找靈感，應該也是很合
理很合邏輯！）
因故只好待在租屋處，
看著那個穿著蝙蝠裝的瘋子，與妮可基嫚纏綿。

正當金凱瑞飾演的謎天大聖「哈哈哈！」對著天空大笑時，
沒有出去度周末的男女性獸，也開始出現奇怪的喘息聲，
就連對門大哥也立刻安靜下來，準備開始對抗邪惡的雙面人，
喔，不，是試煉。
（怪了，周末大家都不出門喔？對門大哥啊！快去交個女朋友吧～）

門外的喘息聲逐漸加大如浪濤一般，
一波波地衝撞著我的房門，震盪著我年少無知的心……
突然間，整個喘息轉換為喵喵聲，以及驚天動地的碰碰聲，

我和對門大哥大氣都不敢喘一下，
深怕亂了呼吸影響冰心訣的功力！
不過，想到周末的夜裡，
我竟然只能聽這玩意兒，眼眶不覺濕了起來～

正當我分神之際，男性獸大喊一聲：來了來了！
接著整個大地迅速恢復平靜，
過了幾秒鐘……

男性獸又開口了：「ㄟ，妳腳好臭喔，我都受不了了，害我早早
就……～」
（嘎？這是……哪門子的爛理由！）
女性獸：「哼，少來！你根本就是表現差，還怪我～」
（就是說啊～）
男性獸：「靠！不信你去洗乾淨，待會再試試！」
（這……真有實驗精神！）
女性獸：「好，你說的！！」

接著廁所抽風扇聲響起，同時傳來流水的聲音。
雖然第二次的時候，我根本就忘記記錄時間，
不過，女性獸一句冷冷的：「有比較好嗎？」大概就說明一切了！

※講評：聽新聞說，有醫院徵求早洩病患作新藥實驗，不知我該
　　　推薦他們否？

盯上了！

時間：啥？今天已經不是平安日囉
天氣：熱～～

是的，台長我前兩天出差，
住了一間號稱當地合法旅店中，最好最高級的旅館，
聽得前輩說，前幾年她下午住進去時，
從電梯口走到房間門的短短幾公尺，
就已經是「兩旁喵聲啼不住，輕身已過好幾間」，
害台長我光是在櫃檯check-in時，
就已經豎起耳朵，想給各位來段不同的貓叫體驗～

沒想到！！
整個晚上，明明旅館附近空曠曠，鄉下地方又沒啥車子，
結果除了對門一對夫妻的小孩哭鬧整夜之外，
（對門大哥，我好想你啊～）
最吵的聲音，大概就屬隔壁與我自己電視裡的金曲獎轉播了！
（男女性獸，我好想你們啊～）

感謝老天，自己的地方才是最好的！！

話說今天下午，台長我偷閒回到自己的小窩，
打算整理整理這幾天來堆積如山的電子郵件，
（嗯？電子郵件該怎麼堆，才會變成山？）

在吃完外賣的便當後，
台長我帶著滿足的笑容，開開心心地拎著垃圾袋，
準備拿到樓下管理員室擺放。
就在我踏進電梯門的同時，一隻手伸進來擋著門，
接著晃進一個女性的身軀～～天啊～～這不是女性獸嘛！！
小弟何德何能，竟能跟女性獸陛下同梯，
有道是：「十年修得同船渡」，
大家只要多積德，下輩子總有機會遇到的。

仍舊是那雙高檔的運動鞋，
仍舊是那樣的紮馬尾髮型，
仍舊是一派輕鬆的打扮……ㄟ？女性獸胖了～～～
幾個月前，那時胖的是台長我，瘦的是她，
想不到再聚首，台長我瘦了，女性獸卻胖了，
想到「白白」都是在運動，怎會男性獸瘦弱至斯，
女性獸卻反其道而行，看來採陽補陰的確是有的～

我剛想到這裡，女性獸突然側頭看了我一眼，
我腦中突然浮現日本成人影帶裡的情節：
她突然推倒我，然後紅著眼睛，兩手用力撕扯我的上衣畫面，
（啥？角色要反過來才對喔？）
雖然短短幾層樓，但是電梯內卻充滿肅殺氣氛，
好歹台長我瘦下來之後，也算是上等精壯之男，
但是面對這樣的狠角色，大概也只有變成廢柴的份。

突然間，女性獸開口了：「你是住隔壁的吧～～」
我（臉上冷汗加三條線）：「嘿……嘿啊…………」

接著電梯門終於打開，
女性獸點了個頭，丟下了個冷冷的微笑，就揚長而去，
留下發抖打顫的我和一包連個用過的套套都找不到的垃圾～
（是的，這顯示台長我守身如玉～）

※講評：難道，台長我被女性獸盯上了嗎～
　　唉，看來寫自己房間貓叫的日子不遠矣！

女王陛下，竟然能在電梯裡見到您，
真是前輩子修來的福氣……

繳稅

時間：難得可以在家看職棒的晚上
天氣：凌晨有地震、上午好炎熱、晚上好悶

自從我住在隔壁的身份曝光後，我整天過著提心吊膽的日子，
深怕哪天女性獸過來敲門時，
我珍藏的原味內衣、內褲來不及收好……
嘎，我是說房間太亂不方便辦事，
（嗯，這好像也不是重點……）
總之，一些網友知道之後，自告奮勇地想要替台長當保鏢，
保障台長的人身安全，讓我頓時覺得人間處處有溫暖～～
不過，怪的是，
這些人都強調不用薪水，只要能在我房間過夜就好，
是的，辛苦了～倒是我懷疑女性獸真的過來時，
這些傢伙搶著合照的意願，應該遠大於救我的意願。

另外，有女網友私下寫信給我，
說前幾天在某家咖啡廳跟我聊天很高興！
真是看到鬼了～～
台長我並不是宋七八九十力，所以還不至於能夠分身，
但是想到有人竟然打著我的名號去把妹妹，讓我感到非常痛心，
想不到用「失眠的文字工」的名號也可以把妹妹，
這麼好康的事情我怎麼一直都沒想到咧？
在經過了審慎地沈思之後，

只好在信中重新約這個女網友出來喝咖啡看電影，當面澄清……
當然，為了避免有人繼續侵害我的權益，
請大家認明「能夠在一秒鐘之內擺出『照片公開Ver.2』（請見本書p.59）動作者，才是真正的文字工法蘭克」！
謝謝合作～～
（什麼，還真有人當場擺擺看喔！）

話說，今天晚上我躲在房間看職棒轉播～
（我敢發誓，我絕對不是在等女性獸過來……）
正當比賽進入延長賽，壘上有跑者，打者輪到中心強棒，
電視傳來熱烈的加油聲，碰、碰碰、碰碰碰碰……
ㄟ？等等，為啥有個咚咚聲跟不上節奏，
精明的我當然在瞬間就判斷出隔壁的「強棒」也上場了，
因此循序漸進地將電視聲音降低，
（靠～～我連這個都想到了，真是太變態了～～
難怪有網友要我走出去，做些正經事……）
果不其然，隔壁的進度也到了九局下半，激烈的咚咚聲，
以及女性獸的高分貝加油聲，即便電視開到靜音，
配上畫面竟然有另一番風味，絲毫不減緊張氣氛，
對門的大哥與隔壁的隔壁情侶，也紛紛減少了噪音，
聆聽著最後的結果。

就在電視中的打者打出勝利打點沒多久後，
男性獸一聲長嘆後，也打出了「全壘打」，

就連廁所的抽風扇也在幾秒後，
以熱烈的歡呼聲慶祝著比賽結束！

男性獸邊沖水邊說：「ㄟ，妳不是又快來了？」
（對耶對耶，怎麼辦？）
女性獸：「嗯……快了……那……（裝可愛）這幾天你要不要多
來幾次？」

雖然我聽不清楚男性獸的回答，
不過，根據我這陣子發現自己賺不了幾個錢，
卻得吐一大堆給政府的經驗下，
看來男性獸這個稅很難繳清了～～

※講評：呵呵，台長又快要放MC假了耶！

補藥～

時間：因為王建民被打爆，讓我度過一個難忘的端午節
天氣：哇咧～不是發布豪雨特報，怎會一滴雨也沒有？

哈哈哈～～
（台長再度手插著腰，對著天空大笑～）
前幾天，台長我好不容易終於開著車車，
完成了武陵農場的長征活動，
真是太爽了！特別是當我爽爽地坐在河邊，享受著山林的洗禮，
卻想到其他人都在水深火熱地工作或上課，
心中真是比我在緊急關頭，突然在車車裡翻到一枚還沒用過的套
套還爽上一百倍！
（ㄟ……我是說……這個……呃……）

武陵農場真是一個可愛的好地方，放眼望去全部是綠色的，
這綠綠得率直綠得可愛綠得滿山遍野綠得豪邁，這綠啊！
……咳，嗯，余光中又上身了，
不但如此，武陵農場也是我從小到大以來，
在馬路上看到最多被車壓扁的青蛙乾的地方，
大概隨便一段路都可以找到一二十隻，
如果有媒體報導吃青蛙乾可以壯陽的話，

我相信應該會有人沒事開著車在那段路碾來碾去才是！
（呃……突然覺得好噁……）
總之那是個沒有貓叫的好地方～～

話說台長我回到租屋處之後，
那顆心仍遺留在武陵農場，
（嘿嘿，愛琴海的Justin同學暫時借用囉！）
因此就連去陽台使用洗衣機的時候，
都忍不住想起武陵之美，
愣愣地看著對面的陽台發呆，
直到對面的歐巴桑急急忙忙地把陽台上的內衣內褲收走，
還青我一眼為止……
（大嬸，您誤會了～～嗚嗚……）

我悻悻然地回到房間，
隔壁，是的，早已經放完MC假的男女性獸，
並沒有因為好天氣而出去走走，反而繼續選擇「室內運動」，
就在我推開房門那一剎那，男女性獸正戰到砲火四射的境地，
勾魂攝魄的喵喵聲，就好比武陵的蟬鳴一般，
不斷地竄入我的門縫，揪著我的耳朵，搥著我的心肝～
就在我運起有些荒廢的冰心訣時，
剛好男性獸一聲長嘆，接著廁所再度響起抽風扇聲音～～

台長我還暗自慶祝今天這麼簡單就放過我的同時，

女性獸說話了：「ㄟㄟㄟ，我媽要我拿給你吃的補品你倒底吃了沒啊？」

（嗄？難道丈母娘這麼快就擔心起女婿的能力不能滿足女兒嗎？）

男性獸：「靠么咧！那又不是補下面的……」

（哦？所以說剛剛那次很短囉……）

女性獸：「哈哈哈哈……」

男性獸：「╳的！要不是你剛剛吸太大力，我也不會那麼快……」

吸？呃……

※講評：記得國中有課文說，「食補不如運動補」；但是「運動」
　　過頭，食補也是沒用的……

怪了？

時間：準備出差去法國的午後
天氣：天啊～這是哪門子的雨啊

有網友表示，非常好奇台長的耳朵構造，
為啥都可以聽得一清二楚？
是的，關於這個問題，
台長我也詢問過台長的製造商～～我老媽，
不過製造商以涉及公司內部機密，不願意透露設計細節打發我，
經過台長與朋友討論之後，
朋友以高頻（貓叫）與低頻（撞擊聲）
對不同材質牆壁穿透的能力不同，
建議我鑽探一下我的租屋處牆壁，
同時還希望我使用手搖鑽，避免噪音太大，被隔壁發現，
ㄟ，既然如此，台長我乾脆學《刺激1995》的劇情，
從今天開始用小槌子開始挖掘，預計一年後打穿算了～～

倒是台長自己仔細密集的測試之後，
發現，他奶奶的熊～隔壁自己要那麼大聲的，干我屁事啊？

不過，隨著天氣炎熱，
隔壁、我還有對門大哥都不約而同地開了冷氣，
冷氣這玩意兒不但冷媒會造成環境污染，
更重要的是，壓縮機的噪音大到會影響到對隔壁的監聽
……ㄟ，我是說生態記錄～

總之，最近要聽到完整的內容越來越困難了～

話說，今天下午，台長我待在家裡，準備出差法國的事宜，
沒想到，隔壁突然出現喔喔～嗯嗯～喔之類的聲音，
雖然聲音細小，不過經過長期訓練的我，當然迅速知道聲音的來源，
因此立刻採取SOP標準作業程序，
降低電視音量、打開電腦、倒杯好茶……
喵喵叫的聲音頓時大作，在冷氣噪音與外面打雷閃電的影響之下，
卻仍顯得模糊、間斷，讓台長我不但難以運起冰心訣對抗，
反而更耗費注意力去聽取那微弱的聲響，
正當我春意盎然，準備自暴自棄時，
腦中靈光一閃：「靠么！剛剛回來時沒見到女性獸的鞋子啊！」

那……這個聲音？

是的，隨著「伊爹」的聲音進入我耳朵，
台長我終於確定這是日本動作愛情片的音效，
只不過，男性獸為啥要趁著女性獸不在的時候看咧？

雖然台長我抓了很久的腦袋，都想不出來原因，
甚至連那隻繞著我飛好久的蚊子，都沒有心思打死牠，
但是最後傳出的衛生紙抽取聲，或許解釋了一切！！

※講評：ㄟ，啊你沒事浪費彈藥幹嘛啊？難道補藥真有效？

互相互相囉

時間：好累的一天
天氣：這麼晚了，房間還是這麼熱～～以致於隔壁又燒起來了

「台長爺爺，您回來啦，您終於回來啦！！」
相信所有人看到這一篇，一定會發出這樣的讚嘆！
經過幾天的調適，台長我終於恢復神智與精神，
可以重新投入對抗貓叫的行列，
相信對門大哥聽到這個消息，應該會十分雀躍，
是的，您並不寂寞！
（雖然在法國真的很懷念說……）

有網友反應，希望台長做些正經事，該出門交個女朋友之類的，
不要像個變態天天躲在家裡聽隔壁貓叫！
冤枉啊，大人！！我也不想啊！！
要是我哪天宣布關閉這個新聞台，
只因為台長要出去把美眉，
相信會發生網路暴動的！
為了社會和平與安寧，台長我只好犧牲一點，
抱著我不入地獄誰入地獄的心情，
繼續安撫包括海內外的網民們，
也希望為了讓台長能長期為網民服務著想，
長得漂亮的美眉請自動投入台長的懷抱……ㄟ，我……這個……

這幾天非常熱，熱到老婆懷孕生產了，還有人要出去把美眉，
也熱到有些政治人物必須搭船出海去走走，
（ㄟ，我可是沒有藍綠標籤的，請別貼我～～）
其實對付日本，
台長我長久以來一直呼籲朋友進行一項偉大的工程，
（聽過的朋友可以跳過這一段……）
就是「A片亡日本論」：
管仲說：「禮義廉恥，國之四維，四維不彰，國乃滅亡！」
當我們每多看一部日本的動作愛情片，
就會增加日本A片市場的就業人口，
為了市場競爭，他們得不斷找尋新的年輕女孩演出，
因此不久之後，日本的年輕一代都因為缺乏禮義廉恥，
讓國勢下降……

不過，這幾天最可怕的新聞，就是套套要漲價了！
不論是台長偏好的超薄型……嘎？我說了啥？
還是許多愛嘗試的朋友愛用的螺旋型，只要不合格的，就通通不
能上市，
哪天要是連加油站都打出「加油滿百送套套」，
那就知道繼衛生紙、大蒜之後，台灣又一項全新的奇蹟出現了！

當然，隔壁的男女性獸也不例外。

今天晚上，當台長我因為心情不好，

躲在家裡欣賞租來的《門當父不對——親家路窄》時，
剛剛展開全新一天的隔壁，又傳出巨大的男女調笑聲，
那尖銳的「哎唷～～嗯～～喔～～」迅速地鑽過我的門縫，
壓過我的冷氣機運轉聲，蓋過主角發克的對話聲，
直撲斜躺在床上的我而來，
台長我只好抱著頭，
立刻衝向我的電腦，開始回國之後的第一場大戰！

由於冰心訣近兩周沒使用，
生疏的技巧，讓台長我陷入艱苦奮戰之中，
女性獸時而高昂，時而細微的喵喵叫，
反而更吸引我的注意，雖然房間開著冷氣，
但是全身早已陷入火海，只能靠著冰開水來壓住心火～～
相信隔壁的床單更早就失火燃燒，
只能靠著男女性獸流下的汗水來澆熄火苗。

強烈的咚咚聲也如同原子彈爆炸時的蕈狀雲，
立刻衝入雲霄，炸得我和對門大哥大氣也不敢喘一聲，
（唷呵～對門大哥今天電視關得很自然喔，慢慢消失的哩！）
正當我準備舉白旗投降，過去敲門加入實戰的時候，
男性獸大喊一聲：「射啦～～」
接著又傳來熟悉地抽衛生紙及廁所抽風扇聲。

五分鐘後，男性獸說：「……聽說套套要漲價了，我們要不要省

點用？」

（啥？這是爛藉口吧！）

女性獸：「你敢！」

（漂亮！乾淨俐落，不愧女中豪傑！）

男性獸：「沒啦，我是說，我們可以互相……啊！」

很遺憾，冷氣這玩意兒讓我聽不清楚「互相」啥？

但是相信「Life will find the way!」

※講評：這個時候，就知道不二乳膠這家公司多偉大了！

減肥

時間：又是一早爬起來看到王建民被打爆
天氣：懷念冬天啊～至少不會有冷氣吵

根據許多網友回報，的確已經有很多加油站加油送套套，
果然台灣人欠啥，加油站就送啥，真是反映社會現狀的好地方。
倒是這幾天根據台長觀察，套套的確尚未漲價，
嘎？為啥我會知道，那是因為……因為……
喔，是這樣的，因為之前庫存了一些套套要支援隔壁的，
但是隔壁自己彈藥充足，
所以想要趁機拿到網路上拍賣，賺點零用錢，才會留意市場行情，
不過想到拍賣的標題要怎下，就讓我卻步，總不能寫上：
「八成新套套未拆封，保存狀況良好，只拿出來把玩幾次，可面交
……」我想應該永遠賣不出去吧～

今天下午台長我去保養我那只開了三年，
卻跑了六萬公里的車車，
終於知道我老爹為啥一直不願意去醫院了，
因為一進車廠，突然一堆毛病迸出來，
輪胎也換了，煞車的來令片也換了，
加一加竟然花了一萬四，
害我又產生賣套套貼補家用的念頭～
倒是新的輪胎加上打入氮氣之後，彈性還不錯，

今晚車震起來特別舒服……啊……我是說馬路在施工，
所以開起來坑坑巴巴地震動啦！
（呼～～）

晚上我拖著疲憊的身心回到住處，
（那是因為白天早起看比賽，不是車震的緣故好嗎！）
手裡拿著法國帶回來的紅酒細細品嚐時，
沒有在周末夜出去走走的男女性獸，
又開始傳出蠢蠢欲動的聲音～

「嘿咻……嘿咻……」女性獸如此重複地喊著，
驚得我手中紅酒差點晃出來，
我以為「嘿咻」是「炒飯」的同義詞，
想不到竟然也可以拿來這樣喊著～

男性獸：「齁～妳看妳看，妳仰臥起坐一起來，小肚肚就擠成一
團……」
（哇～～大哥，你找死啊～～）
女性獸：「哼！你說什麼！！……我不理你了！」
（看吧看吧！）
男性獸：「哎唷，對不起啦～～那我幫你減肥好了～～」
女性獸：「嗯……喔……哎唷……嗯……」

是的，接下來會發生什麼事，相信大家都知道了，

不過，雖然幹那檔事的確消耗比較多的熱量（這可是有醫學證明的），

但是隔壁那兩隻～

為啥我總覺得只有男性獸瘦下來啊？

※講評：很多網友一直詢問我是如何減肥下來的，

　　在此澄清一下，絕對跟這個沒關係好咩！

等等，為啥我測試車車避震好不好，
會習慣轉過身來咧？

三部合唱

時間：難得車車停在非常好位置的晚上
天氣：下過雨超悶熱

哈哈哈，
昨天一個不知死活的朋友，竟然找台長我去當伴郎，
大家有看過沒啥打扮的伴郎就已經比新郎還帥的婚禮嗎？

哈哈哈，
應該在婚禮旁邊辦一場「隔壁貓叫日記網友會」，
順便請大家來瞧一瞧～
更何況台長我還勉強穿了西裝，打了領帶，
所幸我一直故意龜在角落，避免搶了新郎的光彩，
不過畢竟污泥難掩鑽石之光，
所以還是發現許多美眉偷偷瞄台長我，
唉～～真是命啊～～

倒是這位朋友是我高中的好朋友，
算來算去也認識快14年了，
想想當初大家都是傻呼呼地蹺課走在台北街頭，
掛著鼻涕聚在教室最後邊的位置偷翻A書……

（嘎？原來大家高中的時候都不會掛著鼻涕喔？）
如今看著他結婚的照片，心中不免唱起：
「我的青春小鳥一去不回來，我的青春小鳥一去不回來……」

嗯，小鳥，如果隔壁繼續這樣荒唐下去，
想必他的小鳥會飛得更快更高更遠……

最近幾天，
由於隔壁男女性獸的表現有逐漸下滑的趨勢，
台長我除了十分憂心這個台的生存之外，
其實更擔心對門大哥的冰心訣修鍊情形～
畢竟長期不使用，還是會衰退的！

話說今天晚上，
台長我在抵抗了一天婚禮喜餅的誘惑之後，
（啊～就說別送我喜餅了，我看你根本就是嫉妒我比你帥，
比你瘦吧！）
今天終於自暴自棄地吃了第一塊，
然後想說放著會壞，所以又吃了一塊，
又因為太渴了，所以又喝了杯紅酒……
嗚嗚嗚嗚……我的青春小鳥……呃，用在這不適合！

總之，當台長我決定以仰臥起坐來懺悔這一切時，
隔壁又傳出了細微的砲兵口令：「喔～～喔～～嗯～～」
經過我專業的判斷之後，
確認這是一次實彈演習，
果然，接著在一聲長口令「嗯」之後，
貓叫聲與震動開始傳了過來！

有別於過去台長我的作法，
這次我二話不說，
立刻關掉電視，然後將我的電腦接上喇叭，
點選朋友寄給我的日本愛情動作片片段！
（真的，真的是朋友寄給我的！那個誰誰誰，不要再寄……這麼短
的片段了～）
咳，反正，剎時間，我的房間也充斥了專業行家的貓叫，
與隔壁女性獸的喵聲，此起彼落，
讓每一分每一秒都激盪著浪人的旋律～
（除了我每隔三分鐘就得重新點一次播放之外……）

雖然我不知道對門大哥在關掉自己的電視後發生的事情，
不過隨著隔壁性獸們的廁所風扇聲響起，不知為何，
對門大哥的廁所風扇也響了起來～～

※講評：相信對門大哥今天一定很嘔，真擔心他哪天來報仇，說不定哪天性獸一叫，結果我、對門大哥全都放起片片來三部合唱了！！

戶長報告

 舉國歡騰、普天同慶！

很多人懷疑我江郎才盡，
每每晚上登入msn，
就有一堆人開始問東問西，壓力之大，
恐怕比腳尾飯被抓包還慘～
唉～我也是巧婦（夫？）難為無米之炊，
畢竟隔壁不好好做，我也很痛苦啊！

這幾天隔壁的陣地相當平靜，
要不是看到門口的鞋子，不然還真以為他們搬走了，
直到昨天晚上，終於在萬籟俱寂（冷氣關閉、電風扇關閉、電視關閉）
情形下，獲得最新的情報，那就是～～～～

女性獸的好朋友提早來了！！！
而且已經來了一兩天囉！

這個好消息讓我高興地滿頭大汗，
（呃～～很明顯是電風扇關掉的原因……我高興個什麼勁啊？）
請大家耐心等候，我會替各位做好**第一手報導**的！

07-29 23:53:35

舉國歡騰、普天同慶！

時間：剛出差喝醉回來的一天
天氣：哇咧，忙著吐都來不及了，哪知道天氣如何！

正當全國民眾為著職棒簽賭事件士氣極度低落的時候，
你們的需要，他們聽到了！！

沒錯！男女性獸終於回來了！！

台長我現在正流著感動的眼淚，坐在電腦前，
享受著久違的喵叫，感受著那透過地面傳來的震動感，
是的，這一個月來，台長我得扮小丑、爆自己的料，
沒事還得抵抗三八想出名的笨老姊鬧場，
心力交瘁之下，
前天甚至決定自暴自棄地買了一台數位單眼相機來控訴這個
社會的不公，
（嘎？其實是我自己想要？有這麼明顯嗎？）
果然前天中的發票真是帶來好運氣～

事情是這樣的，這兩天台長我出差，
昨天晚上，和地主機關一起進餐，
在主人盛情之下，台長我不小心高粱一杯接一杯，
然後，又不小心啤酒一杯接一杯，
雖然晚上回去旅館時，還清醒地整理信件，

孰料今天早上旅館的morning call一響，
我才一翻身接電話，就知道，完蛋！宿醉了～～

台長我不愧是殺伐決斷的狠角色，
當機立斷跑到廁所，以驚人的毅力開始對著馬桶吐了起來，
人的潛能是很神奇的，當我吐了滿滿一缸之後，
再以激賞的角度看著昨天晚上吃的各種食物，
無助地在馬桶水流的沖擊下帶走同時，
不服輸的我又立刻製造另一缸戰果～～
就這樣希望一次比一次好的情形下，
直到膽汁出現為整個比賽帶來戲劇性的高潮……我掛了～～

後面的行程就不再贅言，
只是當台長我好不容易搭上飛機，回到甜美的租屋處時，
那一身的疲勞、酒醉後的空虛，全部拋至九霄雲外，
是的，他們的鞋子又再度出現在門前，
房間內傳出的電視聲音，在在提醒我，
管他暑修、打工、社團集訓的爛理由，他們真的回來了！

男女性獸可能這一陣子沒人在隔壁聽，
回家辦起事來，就是味道不對，
所以我才一進門，
「哪～～哎唷～～嗯～」的喵喵聲就立刻跟進我的房間，
那睽違已久的規律撞擊聲，也迅速地佔領我的耳朵，
美妙的樂章，是那麼的清新脫俗，

比我初戀的感覺還好，有道是：「床前明月光，疑是地上霜」，
好詩好詩⋯⋯呃，不好意思，食神又上身了⋯⋯
總之，頓時之間，我整個人有如重生般地笑了，
就連傳簡訊給朋友時，
興奮的文字令人誤以為是我要當爸爸了！

正當我沈醉在萬物復甦的喜悅時，
女性獸說話了，「嗯～還是這邊好，不必擔心你媽聽到⋯⋯」
男性獸：「那就再叫大聲一點啊～～」

呃⋯⋯反正隔壁的就該死是吧？
算了，念在他們對我新聞台貢獻良多的份上，
我就不計較了！

※講評：天啊，這麼美好的貓叫，萬一以後我聽不到怎麼辦！
　　順帶一提，對門大哥搬走了⋯⋯嗚，師兄，您走了，我怎辦？

包圍

時間：睡個午覺起來讓我以為昏睡了一天
天氣：聽說又有颱風來了

自上次提到對門大哥搬走後，
許多居心叵測的網友大量詢問關於進駐的事宜，
甚至還有人建議台長未雨綢繆，
先潛入對門的房間架設監視系統，
否則搬進新的房客若是性獸一族，
那就損失大了！

對於前者，台長知道你們為了見我一面的用心，
辛苦你們了，但是我還是要強調，
我很低調的，不喜歡被當成偶像來崇拜，
我只能含淚拒絕透露訊息了～

至於後者，夠了，真是夠了，
台長我豈是這種整天貼在牆上聽人家貓叫的無聊男子，
（乁，有奇怪的眼光在看我？）
而且，監視系統很貴的耶，一套就要……乁，我是不清楚啦，
這都是聽人說的，我才不會那麼無聊去打聽這種東西哩～呼呼～

當然，這都不是重點，
事實上，對門房間前幾天已經搬來新的房客了！

畢竟搬家嘛！
前幾天台長我被咚咚走路聲與物品和地板摩擦發出的滋滋聲，
吵得無法專心聽隔壁的喵叫……沒，我是說看書啦看書啦～
好不容易未曾謀面的對門仁兄把東西搞定，
台長我還暗自竊笑暗想，
「你這個未曾受過冰心訣特訓的傢伙，膽敢搬來，有你瞧的了！」
差點敲門傳授他幾招，
不過，我多慮了～～～～

事情是這樣的！

雖然今天是周末，但是連續工作已經六天的台長我，
在冰心訣能量儲備達到最低極限之後，
今天下午決定進行自我充實作業，
在攝氏34度的溫度之下，不開冷氣就直接躺下午睡，
整整給它睡了三個小時，
這個訓練的主要目的，就是利用意志力與心裡的平靜，
來抵抗外在的炎熱，只要能夠達成愈悶熱愈不會流汗，
就證明……你中暑了……該看醫師了……
（嗚，有殺氣！）

總之，正當我被脖子的汗水淹得醒過來時，
突然聽到一陣熟悉的咚咚聲，

而且頻率穩定中，還帶有一些悶悶的不熟悉喵喵聲～
才經過特訓的我，當然立刻啟動冰心訣，
同時定神判定聲音來源……哇！竟然是對門的！
（是這樣的，只要經過訓練，是可以透過聲紋比對與方位判定，
來找出聲音來源的～）

我帶著臉上無數條線的表情，腦中浮現如此的對話：
「呼叫總部，呼叫總部！我軍遭到貓叫包圍了，請求火力支援～～」
然後就像《少林足球》周星馳在師兄弟被人毆打時，
在地上翻滾爬行一般地躲著貓叫砲擊～～
是的，這真是夠了！
難道房東招租的佈告是有寫：
「本大樓隔間非常適合貓叫，歡迎有表演欲的情侶進住」嗎？
還是因為「物以類聚」，所以性獸一族全搬來了？
（靠，早知道我就先過去裝……等等，物以類聚？那我房間的貓咧？）

唉，看來我以後辛苦了～
（呃？請描述一下對門貓咪的聲音？這……這是誰問的？）

※講評：這是貓叫社區嗎？啥？一日遊的票價因此連翻五倍？

新人登場

時間：莫名其妙地選在下午四時宣布停班停課
天氣：狂風暴雨的颱風天

自新角色登場後（配樂：噹噹～～），
台長我的msn接獲無數的詢問call-in，
留言版更是出現許多熱情的討論，
大家都對這神祕的角色充滿好奇，
當然台長我也不例外，
除了希望能夠順利潛入裝置監視設備之外……
咳，目前最大的問題，
就是該如何賦予新角色「名稱」！

是的，這畢竟是百年大計的事，
絕對不能輕忽草率地以「福爾摩沙二號」或是
「凱達格蘭二號」來處置，
（為什麼覺得好像在替新品種命名啊？）
當然也不能簡單地用「性獸二號」來打發，
因為要列為性獸級是必須經過嚴格地審查，
除了頻率與時間長度之外，
當然還要考量性獸通常多為一對同時出現，
（自己一個人在家DIY還大聲喊出來的，當然不能算性獸啊～～）
嘎？你們看我幹嘛？台長我好歹買套套還中過兩百元……

（我幹嘛一直爽這個啊？）

總之，台長我會持續觀察對門的表現，
再決定是不是賦予對門新住戶「二代獸」的稱呼～～
（不錯吧！二代獸有沒有很響亮？）

今天是颱風夜，
俗話說得好，「下雨天打孩子，閒著也是閒著！」
那如果是颱風夜咧？
嗯，對門新住戶果然給了一個好答案～～

話說今天晚上風大雨大，從半山腰的住處看出去，
蜿蜒的山路早就偷偷地關了路燈倒頭睡覺，
一排排的路樹，則發了狂似地搖著頭，想甩掉滿頭的雨水，
房間的窗子，更被狂風暴雨嚇得一直發抖……
（哇～～我真是太有文采了……嗚，以後寫不出這樣的文字怎辦！）
就在這個時候，對，是完全聽不到對門與隔壁的動態，
所以很明顯的，上面文字是用來亂的！
（那個推薦學生來看的老師網友，這樣有沒有達到教育的目的？）

晚上11時左右，風雨終於暫時休兵，大地也歸於平靜，
不過，這回輪到對門了～

「哈哈，好癢喔～別鬧啦！」

對門的新房客首先以最最傳統地方式展開攻擊，
使得他的女友不斷地發出嘻笑聲與扭動肢體撞擊地面的聲響，
（唉，據了解，很多朋友的第一次，也都是先和對方搔癢，然後才
開始，這真是一個除了啤酒之外，最普通的藉口及招數～）
不久之後，「不要啦」就換成了「嗯啊」，
這樣的發展，對我而言非常不陌生……
嗯，我是說常常聽隔壁的這樣啦～
今晚只有一個人在家的男性獸，相信一定也不陌生！
（哈哈哈，男性獸，這下你知道這滋味了吧～）

然後，地板震動開始大了起來，
喵喵聲也逐漸蓋過細雨打在玻璃窗上聲響，
訓練有素的我立刻提高冰心訣等級，
然而，隔壁男性獸似乎開始發出蠢動聲，
坐立難安地在房間走動，
碰碰的腳步聲正好與對門的撞擊地板聲相呼應，
有如戰鼓一般地為整個喵叫過程打氣！！

對門的住戶：「親愛的，妳轉過去好嗎？」
住戶女友：「從後面來嗎？」
（不爭氣的鼻血又差點噴出來～）

經過一段時間不短的寧靜後……
（真的喔，沒有喵喵叫與咚咚聲～）

對門住戶：「哈，我放棄了，還是從正面來好了！」
（暈倒～～～）

是的，以目前手上（耳上？）獲得的情報綜合研判，
對門住戶八成是個新手，
如果未來幾天沒有精彩的表現，
要取得二代獸的資格恐怕無望～～

※講評：所以說，薑還是老的辣，性獸還是舊的……

分析比較

時間：偷閒的午後
天氣：好涼的風，秋天到了嗎？

台長我這個周末又回到那母慈子孝、兄友弟恭的甜蜜家中，
趁著周日，還跑到附近某私立工學院改制的大學校園中打疊球，
展現我陽光少年般的活力與熱情，
好證明台長不是只會蹲在房間聽隔壁貓叫的～

千想萬料都沒猜到，難得的周日疊球友誼賽，
竟然遇到該校舉辦的新生家長訪校日，
來自全台各地的父母們，開著車車殺進校園，
好看看未來兒女即將「最少」讀四年的校園環境～
（要是那些家長看過本新聞台，應該會比較注意宿舍的隔音吧！）
當然，這樣的舉動與活動，
讓台長我和台長老哥熊熊陷入小學時母姐日的回憶之中，
是的，大學生還搞這套，
不知道家長會不會對兒女的同學說，
「要好好照顧我們家XX唷，要相親相愛，不要打架喔！」

當然，大家都知道，這不是重點～

話說大專院校都要開學了，

本新聞台也多出不少新讀者，

台長除了感謝大家的支持之外，也在此進行機會教育，

在外租屋的同學們，請小心你們的隔壁鄰居在監聽……

呃呃，我是說不要吵到你們的鄰居……

另外，挑選房間時，請注意，

類似像台長居住的這種，採用日式櫸木地板架高的房間，

即便隔間是水泥，聲音還是會從地板下方的空間順著傳過來，

如果您具有強烈的表演慾，或是也有聽貓叫的癖好……

（這個「也」字是怎麼回事……呃……）

不妨多多考慮一下～

話說今天下午，台長我帶著周六日疲憊的身心，

（等我執政，我一定要宣布周一放假，好讓大家把周六日的疲勞消除～）

回到了我那「充滿別人歡樂聲音」的住處，

雖然隔壁女性獸消失快要一周了，

不過，對門新人的戰鬥頻率，絲毫不輸男女性獸，

擺明就是想要獲得二代獸的稱號，

台長我才把長褲脫下來，

（廢……廢話，要睡午覺當然要脫牛仔褲啦～你們想到哪去了！）

對門就傳出陣陣地低頻震動聲……

應觀眾要求，

台長我特別針對隔壁女性獸與對門的貓叫聲進行分析……

請各位慢慢欣賞——

對門的女友：「嗯嗯……嗯嗯……」
（女性獸比較嗲，對門失敗！）
對門的女友：「哦哦……Honey……」
（雖然撂英文，但是高音不足，失敗！）
對門的女友：「快點快點……」
（沒有創意兼頻率不佳，失敗！）
……
對門的女友：「沒關係，我很舒服了～」
（呃，這涉及男性獸與對門男性間的表現，失敗中的失敗！）

以此來看，
革命尚未成功，對門仍須努力！

※講評：唉唉，女性獸趕快回來啊，好好教育一下對門的唄！

行家出手囉

時間：牛肉麵王出爐之日
天氣：跟紅燒牛肉麵一樣會讓人油油的天氣

女性獸回來啦！！
台長我就說嘛～逃得了和尚，逃不了廟！
大家何必緊張哩！
就算是脫掉的褲子，也總有穿回去的一天，
何況這麼大個人了，怎會找不到家呢！
（呃，這個比喻的確有點怪怪的～～）

咳咳……話說連續聽了好久對門新人的表現後，
台長我不禁對社會稱六、七年級為「草莓族」有了更深的體認，
是的，除了他們的技術嚴重生疏，不是戰力不持久，
就是換了姿勢之後，久久沒聲音外，
他們一天到晚兩個人吵著為對方種草莓，
以頻率來看，
兩個人的草莓園恐怕已經大到可以供應整個台北果菜市場需求了！

好不容易，下午台長我拖著疲憊的身軀走出電梯時，
映入眼簾的，哎呀，不是女性獸的鞋子嗎！

台長我性衝衝……不對，是興沖沖地趕回房間，
乖乖地等著隔壁以性獸等級的表現，帶給對門一點震撼教育！

正當台長我左等不到貓叫，右等不到咚咚響，
（ㄟ……其實我沒有等啦，我是在利用上網找資料的同時順便啦～）
只能氣憤地在床上滾來滾去時，
一陣長音「哦～」傳了過來，振奮了台長我的心，
就好比有時候屁股忽然想吐，卻滿街找不到廁所，
結果在角落看到「廁所在前方」的看板，
心裡也會振奮起來一樣的道理，
這個聲音，就是行家等級的女性獸的喵叫啊～

不愧是本新聞台的大台柱，
性獸一出手……ㄟ，口？還是？……
咳，總之行家一出手，便知有沒有，
當場就讓對門的新人成了關公面前耍大刀的傢伙，
女性獸那充滿能量的喵喵叫，登時迴盪在整個房間裡，
台長我一時得意地笑了出來，還差點忘記運起冰心訣！
（怪了，隔壁、對門在比賽，我高興啥啊？）

不但如此，男性獸那帶有搖滾般節奏的咚咚響，
也撲天蓋地湧進來，強大的震度，
就只差中央氣象局來發布地震快報了！

在這樣的環境之下，

對門新人的房間，

不知是不是被這驚人的氣勢所鎮攝，

還是虛心地聽著前輩的實際示範，

靜得連親草莓的聲音都聽不到～

（還是……終於知道這樣是很大聲的？）

終於，在女性獸連續發出密集短促的喵叫之際，

男性獸一聲大喊「啊～～」讓人懷念的廁所抽風扇聲又響了起來～

（突然想到，對門的結束之後，並沒有抽風扇聲耶～～）

※講評：沒有，台長我絕對沒有偏心，所謂「餘音繞樑，三日不絕
　　　　於耳」，女性獸的貓叫聲當之無愧！

世界大賽

時間：睡不著的早上
天氣：想帶相機出巡，但是又擔心被雨水淋壞的日子

相信不少網友又發現了，
（實際上是台長我從流量上發現了！）
台長我又嚴重拖稿了～～
姑且不論因為沒有新文章，讓全台灣陷入生產力嚴重低落，
甚至連禽流感的新聞，都可以衝到頭版頭。
事實上，台長我也不好過，
每天睡不好、吃不好，工作起來也覺得心慌慌，
除了只想在床上滾來滾去……（唔～）
只好靠著翻看數位相機鏡頭推薦雜誌來麻醉自己～
而這項祕技，也因為前兩天台長我下定決心，
跑去買了兩支窮人適用的鏡頭後，
徹底…………解決了前述的症狀，
如此可見，有人說，敗家可以抒解壓力，是有道理的～～
（嘎？我根本就是因為想買鏡頭而睡不著覺？ㄟ，這是沒有的事……）

倒是最近各國職棒都進入了季後賽，
七戰四勝的賽制，增加了不少比賽緊張度與精彩度，
雖然台長支持的球隊都沒有打進總冠軍，

（除了王建民之外，台長我絕對不會說出我喜歡一種不用說謊，
鼻子也會變長的吉祥物～）
但是今天早上，在短短兩小時內，
我住的地方可上演了更精彩的比賽～～

話說台長我因為掛念著兩支可愛的鏡頭，
一早爬起床來，就抱著在床上滾來滾去……
廣角、大光圈的效果真好，台長我怎麼擺姿勢，
都不怕不能完全入鏡～
（ㄟ，當然是有穿衣服啦！要是沒穿衣服，那恐怕得用超廣角，
才能把台長我最驕傲的嘿嘿全拍進去……我是說肚子肚子啦！）

就在台長我自拍得不亦樂乎時，
一陣低頻的震動，引起我的注意！
畢竟是一大清早，這樣的震動和緩慢增強的喵喵聲，
就好比在白紙上滴了一滴黑墨水般明顯搶眼。
台長我一方面後悔為啥不把錢投資到監聽設備上，
一方面用我老媽給我的原廠耳朵，（九成新，附原廠保固，外觀
保存良好……呃，網路拍賣得少玩了～）
判斷出聲音來自對門的情侶！

「Come on～Baby！」喜歡在嘿咻時撂英語的對門情侶，
還不時地輪流發出「啊～」的吼聲，

一時讓我想起前不久去了趟動物園的記憶……

好不容易，對門的聲音平息了，
隔壁也傳來鬧鐘大作的聲響，同時還有劇烈的肢體扭動聲。
過了不久，疑似親吻的「啾～啾～」聲攻佔了整個清晨的寧靜，
伴隨著不斷沿著門縫灌進來的地板「嘎滋嘎滋」聲，
台長我當然不敢小覷，立刻發起冰心訣！

雖然女性獸聽起來就是一付被挖起來滿足男性獸的樣子，
也或著是因為早上嗓子還沒開，
所以喵喵叫的高音明顯弱了許多，
但是有如波濤般一波波湧來的地板震動，
卻展現出不凡的氣勢！很明顯是支全壘打，以1比1，扳成平手。

就在窗外開始傳來公車轟轟開過的聲響，
重新掌控正常早晨的氣氛時，
不甘示弱的對門情侶，重新展開陣勢，
以數聲「啊～～～」吹響攻擊號角，
雖然戰力普遍遜於性獸的水準，
但靠著隔壁性獸們不習慣早起的弱點，
連番衝刺，只苦了台長我，不能大喊加油！
終場，對門以2比1，取得今天比賽的勝利！

※講評：早起的鳥兒有蟲吃，早起的台長……呃，有貓叫聽？

Orz

時間：日本回來後持續第四天失去工作能力
天氣：比日本濕、比日本熱……

唉唉，在眾多親朋好友與網友如雪片般的來函催促下，
台長我只好日以繼夜地花了5.67分鐘，
整理出這張自認為最能代表這次日本行的照片，
希望能滿足哪些埋沒在工作之中，
無法看到當地美景的朋友們！
（請注意，台長一手拿著耗費六萬堆砌起來的數位單眼，另一手則
是空空的，證明我真的沒有買日本動作愛情片！！啥？有色情小
廣告……不是，那是門票……是門票啦！）

眼見新聞台的瀏覽人次，
如同我昨晚鬧肚子時，衝進廁所一樣快速地逼近百萬人次，
而台長我的一顆心，也緊張起來，
畢竟我是一個低調的人，
萬一這麼年輕就達到百萬人次斬……
（呃～好像有點日本動作愛情片的說法……）
那豈不失去奮鬥方向與力量，
「媽媽，妳的兒子已經要完成人生的顛峰啦！」
唉～少年得志，果真不好！

更何況，

台長我的親筆簽名照即將送出，

我擔心收到的網友到時候不是掛在公司的會議室、教室的黑板上方，不然就是拿到拍賣網站競標，然後喊出天價，

接著就有一堆電子媒體要來採訪我，

成名、和名模發生緋聞、生子、結婚、婚外情、婚外情也生子、再婚外婚外情……

你們看，我都快要可以預測我的人生了，好慘……

咳咳，回到重點。

話說台長我回來這幾天，

除了我晾在陽台的內褲少了一件、

還有租回來的DVD竟然看不完之外，

竟然發現，獸窟外的女鞋多了一雙沒見過的，

而且一連好幾天～～～

到底是女性獸買新鞋咧？

還是男性獸有特殊癖好？

這樣重大的事情，台長我當然秉著本台的存亡與讀者的權益，

密切地注意後續發展，

孰料，就在台長我今天晚上疲憊地回到住處時～～

沒聽過的女生：「哎唷，你還要喔…別啦，休息一下！乖乖！」
（請用假音配合裝可愛的音調……）
男性獸：「……」
沒聽過的女生：「那你什麼時候要跟她說？」
男性獸：「……會啦……」

老天啊，
別我的新聞台還沒破百萬，讓我有機會和名模發生緋聞，
結果男女性獸就準備分手了，
這該如何是好？

※講評：看來台長我只好犧牲一下，把女性獸邀請搬過來，幫忙
　　維持本台的存在～～

點兵囉

時間：龜在家裡避寒的日子
天氣：冷冷冷冷

真是不好意思，
自從破百萬之後，台長我因為沈浸在成名的喜悅之中，
加上著手調查某名模的生平，免得以後開始有緋聞時，
連人家啥罩杯……嗄，我是說喜歡穿啥顏色都不知道……
（嗯嗯，罩杯等「真正」有緋聞的時候自然會知道啦，嘿嘿……
啊，我是說網路上就可以查到了……）
所以又延遲了幾天沒有更新，
連那個跟我不太熟的台長姊姊都跳出來幫我說話了，
果然是血濃於水啊～～
（喂～老姐，別以為這樣我就會放過妳散佈我壞話的事！）

沒錯，台長我最近在轉換工作，
單單為了備份電腦資料，就趕緊趁著資訊月，
花了三萬六，買了台原價要四萬多的全新筆記型電腦，
唉唉，希望那位因為台長長得好看，多給我一些折扣的美眉，
不會因此受到公司責罰～～
而今天這篇文章，則是這台新電腦的第一次，
各位眼睛明亮的讀者，
一定可以發現這篇文章不但充滿著台長的魅力，
同時也瀰漫著一股新電腦的氣息，

就連文字看起來也明亮多了～～～
（啊，不好意思，原來是我的螢幕設定太亮了！）

咳咳，回到大家關心的議題上。

話說，自從男女性獸傳出情變之後，
引起網路界不小的騷動，
就連台長我下山吃飯，都聽得隔壁桌有人在討論這件事，
甚至其中一位不畏寒冷、穿著短裙的美眉還說，
「那個三八台長還想說想要安慰女性獸咧！」
是的，當下台長我原打算表露身份，
讓她拜倒在我的石榴裙……ㄟ，男生沒有石榴裙，好吧，
那就夾腳拖鞋下！
嘎，這樣她是被我踩著哂，算了，這年頭憐香惜玉還真難～～
男性獸要是也有看這新聞台，
希望他早日迷途知返～
至於女性獸有看這個台的話，那就自己走過來……啥，我說啥？

話說，昨晚台長因為備份D槽中大量的愛情動作片……沒，沒
有，我是說相簿，你們知道的，我喜歡拍照，照片size很大的～
自拍照？嘿嘿，那種東西怎能放在電腦裡咧！！
正當川島小姐的倩影幻化成一格格螢幕上的進度，
跳躍著來到新的電腦，
才回來不到兩天的女性獸，

就開始嘻嘻啊啊地扮起小貓，
（唉，人家都可以兩個人一起貓叫暖被窩……）
緊接著一股強力的震盪開始傳來，
碰碰聲劃破寂靜冰冷的夜晚，
台長我靠著外在的寒冷與內在的冰心訣相互呼應下，
繼續艱苦地、裹著被單地窩在床邊，為電腦進行備份……

台長我憑著長久以來觀察性獸生態的經驗，
當貓叫達到短促、尖銳時，就表示進入緊鑼密鼓階段。
果然，咚咚戰鼓般的撞擊地板聲，也開始達到最高峰，
就在男性獸大喊一聲「啊！」之後，
寧靜，再度佔領了黑夜～

突然，女性獸說：「ㄟ，上次買的套套為何又要用完了？」
男性獸：「嗯……喔，上次×××來，我給他幾個回去用……」

唔～大哥啊，這年頭套套哪都買得到吧？還需要用送的嗎？

※講評：原來女人不只會聞味道，連彈藥都會清點啊～～

性獸再見

天氣：我心在下雪
時間：最黑暗的一天

這一篇文章，是我寫過最痛苦、最慘的文章了！
等級直逼上次我寫給第3216號美眉的分手信……
經過漫長漫長漫長的等待，寒假這個讓人痛苦的玩意兒終於結束了！
（怪了，以前唸書的時候總覺得寒假好短啊～什麼要上課了，
哎唷，好慘啊～～）
尤其經過一個新年，相信紅包滿滿的隔壁性獸們，
新年新希望，一定不會再有忘記買套套這類奇怪的事件發生。
（就是說嘛～沒有，可以過來借啊～只是用過的，不用還我了……）
（等等，用過的上網拍賣，會不會價格高一點？）

為了慶祝這個堪稱網路史上最多人關切的收假，
台長我還特地拿出放在冰箱已經快要兩個月的蕃茄
（對，已經癟到可以拿起來當紙鎮了！）
改收容到垃圾桶中，
同時還把那瓶開了快三個月、現在喝了一口就覺得應該請馬桶喝
的紅酒處理掉，
如此大規模的行動，無非是要減少冰箱的負擔，
減少壓縮機運作的次數，以免影響台長我的聽覺靈敏度……啊，
不不不，我怎麼可能是心機這麼重的人，這當然是為了環保、省

電的效果，相信讀者們一定都辨別得出來！！
就在一切上工前的準備都完成後，
電梯門刷一聲開啓了，接著一陣急促的腳步聲逐漸逼近，
依照與台長我腦海中的資料庫比對後，
是的！沒錯！正是大家熟知的～～管理員大哥！
腳步聲停在隔壁門前，鑰匙串發出的叮噹聲，讓我心頭一驚，
一陣不好的念頭浮上，「不會吧？」
管理員大哥開啓了獸窟的房門，
然後桶子、鋁梯的撞擊聲，
讓早已出門吃過午餐的我，決定再出門一次察看敵情～
天啊～～～～

空盪盪的房間說明了一切，
牆角那團黃黃、很可疑的衛生紙，似乎對著我嘲笑，
而只穿著汗衫的管理員大哥，正把衣櫥打開，
拿出一盒加油送的面紙……

我強忍眼眶的淚水（是灰塵、是灰塵讓我眼睛流淚的……）
轉頭對管理員大哥說：「唷？他們搬走囉？」
管理員大哥瞇著眼睛，抬起頭來：「嗯，他們不續租了……」
我心中一寒，繼續問：「那，有新房客嗎？」
管理員大哥狐疑地看著我（啥？難道你認出我的背影嗎），
緩緩地說：「沒耶，不過招租佈告上周貼出去了……你有朋友要
來租嗎？」
雖然很想跟他說，掛上「可以與失眠的文字工當鄰居」看板，

一定會吸引眾多具有表演欲的網友瘋狂搶租，
（會不會有人打算和我「對聽」，然後開「隔壁文字工日記」？）
不過低調的我搖搖頭，只是緩步離開⋯⋯

是的，沒有一句「再見」，
也沒有機會讓台長我強力挽留，
（例如為了讓本新聞台永續經營，我可以提供免費套套⋯⋯或是
台長本人的親身教學課程⋯⋯）就這樣憑空消失～

好歹台長我幾乎參與了你們每一次的愛情行動，
這樣的革命情感，怎能說走就走，唉！
俗話說，「問世間性獸為何物，直叫人生死相許」果然一點都沒錯。

性獸雖然遠去，但他們的事蹟將會永遠活在我們的心裡～

對門咧？對門怎麼辦？少了競爭會不會表現每下愈況？
請大家放心，台長我會努力地以身教、言教，帶領他們邁向二代
獸的榮耀！！

※講評：房⋯⋯房東先生，您的招租佈告，可以讓台長⋯⋯呃，
　　小弟我來代筆嗎？
　　「誠徵⋯⋯不，是公開招募隔壁鄰居。條件：男長相不拘，但必
　　須具備一日多次的能力與表演熱誠；女，聲音必須甜美、外型
　　美艷、不排除與台長⋯⋯呃⋯⋯優先！詳情請留意某大學學生
　　事務公佈欄。」

作者快問快答

part1 關於這本書……

Q.《隔壁貓叫日記》的靈感是如何蹦出來的？

Ans.一位不願意自己透露姓名、但堅持台長一定要提到他的朋友李宗祐（唉，這下您滿意了吧），每次都意猶未盡地聽著台長講述隔壁貓叫的故事，因此建議乾脆把這些內容寫出來，免得我四處講，都忘記跟誰說過了，造成他的漏聽……

Q.這些故事是真的嗎？

Ans.為了避免被隔壁的發現而把我棄屍山谷，因此我採取「今日事、後日寫」與「灌水」、「改寫」方式處理，比率大約為70%、70%、70%，啥？加起來超過一百？喔，那是因為有些既灌水又改寫，而且還延遲兩三天才寫……

Q.為何會用「性獸」這個詞？

Ans.喔，那是因為看太多日本的動作愛情冒險卡通《聖獸傳》……（突然發現有很多男性讀者露出微笑……）

Q.為什麼要用貓叫，不是用狗叫、人叫？

Ans.因為當初腦海只閃過貓叫……

Q.寫了這個新聞台之後，您看這個世界的眼光是否因此改變了？

Ans.對耶，去人家家裡參觀，或是幫朋友看房子，第一個注意的，就是隔音好不好……

Q.《隔壁貓叫日記》寫了多久？

Ans.迄今寫了一年，這都要感謝隔壁的配合……

Q.從忍受貓叫到寫出來，中間經過了多久的時間？

Ans.唉，我可是從念研究所在外租屋起，就一直與貓叫難分難捨；後來出社會工作，起先是「樓下貓叫」，後來搬到現址，則變成了「隔壁、對門貓叫」。前前後後算起來，恐怕五、六年哩！

Q.請描述一下當貓叫響起時，MSN現場轉播的盛況。

Ans. 友：「快快，轉播一下！」

我：「詳情請見明天更新的隔壁貓叫日記！」

友：「你很小氣耶～」

我：「誰掌握資訊，誰就掌握權力；

　　而權力等於春藥，因此掌握資訊，就等於……」

友：「……」

Q.聽到隔壁的貓叫聲，難道不會心癢嗎？

Ans.不然冰心訣是要幹啥用的？更何況當聽貓叫變成「工作」時，很難有「樂趣」吧？

Q.不是說日記，為何常常變成「三日記」、「週記」？

Ans.唔～我畢竟也是人哪，也是有情緒高低起伏的，也是要花點時間把美眉的……啊，我是說，有時候有些東西是不能寫的，免得寫出來之後被棄屍山谷哪！

Q.日記中的每一篇，平均花多少時間寫完？

Ans.其實寫作的時間很短，只是之前必須先焚香操琴、沐浴淨身，同時齋戒三日，一來可以增強冰心訣的效果，二來可以讓靈感如鵬鳥一般，一飛沖天！

Q.本書創作過程中最難忘的事情是什麼？

Ans.大過年的，還得邊打電動，邊趕插圖……

Q.您的家人對這本書有何看法？

Ans.

老爹：那是啥？

老媽：你好變態！

老姐：我要趁機打知名度～

老哥：哦？版稅我可以抽多少？

嫂子：靜靜看就好……

姪兒、姪女：哇！叔叔好厲害，可以寫書……

Q.寫完一整本貓叫日記之後會不會覺得很噁心呢？

Ans.噁心？開玩笑，比起我上次蘋果吃一半，才發現有半隻小蟲來說，太小兒科了！！

part2 關於那些會叫的貓……

Q.當初為何會在這所大學旁邊租房子？

Ans.因為，沒交過某大學的女朋友……啊，不是，我是說因為這邊風景好、氣氛佳，是個交友、看書俱佳的好地方。

Q.請問獸窟到底在哪裡？

Ans.X市X路X號X樓……鄰近某大學。

Q.隔著水泥牆真的可以聽到隔壁的對話嗎？

Ans.水泥牆不是重點啊！重點是架高格空的木頭地板，從隔壁鋪到我這兒，那就好比共鳴的音箱一般，別說講話聲了，就連打開套套紙盒的聲音……唔，總之，都一清二楚。

Q.房東或管理員難道不知道地板會傳音嗎？

Ans.嗯嗯，難道這就是房東當初鋪設的目的？

Q.到底什麼是冰心訣啊？

Ans.很抱歉，根據本門的規定，非本門弟子是不能學的！

Q.最早的對門大哥去哪了？

Ans.本門師兄弟以天下為家，以四海為鄰，說不定他又找了哪間獸窟旁練功了。

Q.台長平時怎麼和隔壁與對門的互動？

Ans.就是他們那邊叫，我這邊聽啊！啥，不是這個意思喔？不過仔細想想，還真沒和他們聊過天哩～

Q.不是還有隔壁的隔壁那對情侶？為何很少寫他們？

Ans.是的，隔壁的隔壁還有一對情侶。不過如果我的耳朵靈敏到這樣的境界的話，沒有去當情報員是國家的損失……

Q.隔壁的除了做那檔事之外，在房間內還會做些什麼？

Ans.打完電動，看片片；看完片片，玩音樂；玩完音樂，讓貓叫……

Q.隔壁都不用上課的嗎？

Ans.他們有上課，只不過一個上課，另一個就補眠或看電視，更何況，蹺課這玩意兒應該也不是新聞了吧？

Q.隔壁最誇張的一次為何？

Ans.剛好遇到長假，整層樓只剩下兩間住戶。他們可能因為以為只有自己一間有人，所以不但音量是平常的兩三倍大，而且還一直喊著疑似對方名字的詞……

Q.女性獸是台長喜歡的類型嗎？

Ans.當然不是～～抗議，問得太直接了！

Q.對門男女也是學生嗎？

Ans.不但是學生，而且還是相當用功的學生，除了貓叫之外，還常常會討論功課哩！

Q.對門的男女長得如何？

Ans.女的高，男的更高，我每次都沒有機會來得及抬頭看仔細……

Q.隔壁和對門難道不會聽到對方的貓叫？

Ans.有啊，男性獸上次不就聽過！只是我懷疑兩邊根本就是有表演欲，彼此在示威。

Q.如果隔壁與對門都搬走，那該怎麼辦？

Ans.嗯，看來只好和房東合作招租……不過到時候會不會搬來一堆想趁機出名的人啊？

Q.隔壁和對門的貓叫差別在哪？

Ans.唉唉，革命尚未成功，對門仍須努力……

part3 關於作者……

Q.請談談您的家庭和學習背景。
Ans.撇去台長大學念理工、研究所念文組,以及家裡父慈母愛、兄友弟恭(嗯,沒地方塞家姐了)等原因外,其實重點在於人一定要長得帥……

Q.為什麼要取名「失眠的文字工」?
Ans.沒辦法,因為「逸仙」、「介石」都被人用走了……

Q.您經常失眠嗎?失眠的話都在做什麼?
Ans.雖然說是失眠,其實我是一個倒下就可以睡的人……如果有熬夜,多半是為了趕快為大家報導貓叫實況囉～～

Q.請問一下您每天上網多少個小時?
Ans.早上起床,開機～晚上睡覺,關機!

Q.假日都在做什麼?
Ans.當然不是打電動、看片片啦!而是補足每晚熬夜更新新聞台所耗費的精神……還有回味熱血青春的時光,和隊友打壘球。

Q.除了聽貓叫外,最常在房間做的事情是什麼?
Ans.嘿嘿,這還用問………………當然是寫《隔壁貓叫日記》啊～～～

Q.如果不考慮現實問題,你最想要寫什麼樣的題材?
Ans.觀察社會不同角度、不同職業的短篇故事,還有小說(ㄟ,出版社的編輯眉毛抽動兩下是怎回事?)。

Q.最近讀什麼書?內容是什麼?
Ans.(把安達充的漫畫藏到背後)是這樣的,台長我最喜歡看馬克斯的《資本論》,還有 國父的《建國方略》……咳咳～至於最近看的,當然是《追風箏的孩子》這本講述阿富汗一對小主人和僕人之間的關係,讀來讓人不禁潸然淚下。

Q.會從別的作家或者網路寫手身上尋找靈感嗎?

Ans.俗話說，「以銅為鏡，可以正衣冠；以古為鏡，可以知興替；以人為鏡，可以明得失。」這是一定要的囉！

Q.請問您接觸網路寫作多久了？
Ans.大學時候，在BBS站幹譙被教授當掉的「文章」算不算？

Q.最喜歡哪一位作家？
Ans.（拿出鏡子看一下）啥？不能說自己喔？好吧，那就一定是余光中啦！

Q.最喜歡的電影是哪一部？
Ans.《深喉嚨》……ㄟ，不是，我是說梅爾吉勃遜的《英雄本色》！因為蘇菲瑪索在裡面好漂亮……

Q.最喜歡的音樂是什麼？
Ans.爵士樂！尤其交友時可以增加氣氛……嗯？我說了什麼？

Q.最常上哪一個網站？
Ans.成人……呃，當然是「隔壁貓叫日記」（總要捧自己的場吧～）。

Q.有史以來吃過最好吃的東西是什麼？
Ans.那當然是老媽手工做的「韭菜盒子」啦！大小適中，裡面除了韭菜之外，還包有粉絲、絞肉、蛋等材料，加上用平底鍋烘熟，又不會讓一般坊間賣的油膩膩的。一口咬下去，濃郁的韭菜香，伴著肉的嚼勁與酥酥脆脆的外皮，真是太銷魂了。

Q.喜歡旅行嗎？最喜歡的城市是哪個？
Ans.當然是羅馬……呃，抱歉，那是《羅馬假期》的台詞。我還頗喜歡法國鄉間的小鎮，那種紅磚、石塊蓋成的房子、橋樑，還有綠油油的草原，以及一群悠閒漫步的乳牛……在那當條牛應該挺不賴的……

Q.文章常有周星馳電影的對話，台長是星爺迷嗎？
Ans.沒辦法，地球很危險的。

Q.請問您為何常常買套套？
Ans.ㄟ，難道有人以為我是《電車男》中收藏套套的宅男嗎？當然是以備不時之需囉！

Q.文章中為何常提到房間為何有鋼彈模型、卡通影片？

Ans.這是因為……Kero Kero Kero Kero Kero～咳，我不是宅男……

Q.常常提到Keroro軍曹又是怎麼回事？

Ans.呃～（額頭再度浮現「宅男」兩字……）

Q.為何文章常常提到棒、壘球？

Ans.那可是台長我的熱血青春啊（當初都是安達充漫畫害的）～～人家到現在還常常去比賽哩！

Q.為什麼文章常常提到自己很帥呢？

Ans.應該很明顯吧？是為了催眠……不不不，我是說加強網友肯定台長帥的緣故。

Q.請問您是如何讓自己常保快樂的？

Ans.這也是很講天分的。不過，總感覺自己是太陽能發電，只要一出太陽就會特別high。

Q.您為何喜歡雙手叉腰，對著天空大笑？

Ans.ㄟ，這是……唔……嘎……所以……總之……如果再加上抖動，效果會更好。

Q.如果可以回到過去，您會想做什麼？

Ans.重買上期的大樂透彩券……

Q.如果中了樂透的話，第一件事情會去做什麼？

Ans.頭彩嗎？當然拿去壓下一期的包牌……

Q.請問您最驕傲的事是什麼？

Ans.哈哈，當然是那次……說我……堅持這麼久……好厲害……我是說，有人說我新聞台經營能堅持這麼久，好厲害，呼呼～～

Q.請問您到底有沒有女朋友？

Ans.唔，目前沒有，但是不知道讀者看到這篇問答時會不會已經有了～

Q.請談談對你啓發最多的人和事。

Ans.應該可以說是第一次失戀吧！那讓我認真考慮自己的未來要什麼⋯⋯杯的女朋友。

Q.下一本書的計畫是什麼？

Ans.想寫一篇搞笑的短篇小說，與一本搞丟的記錄本有關。只是，就怕沒有動力去寫。

part4 貓叫完了之後……

Q.寫新聞台跟自己寫日記,有什麼不同的地方?

Ans.寫日記:自己高興就好……新聞台:拖稿?找死啊!

Q.寫了《隔壁貓叫日記》之後,有沒有接觸到什麼特殊的網友?

Ans.

網友一:卯起來灌留言版,就是希望台長給她msn、照片等資訊。

網友二:自己主動寄照片來,表達交往意願(台長我守身如玉的……咦?我的守宮砂不見了?)。

網友三:和台長變成無話不談的筆友,通信快一年……

Q.寫了《隔壁貓叫日記》之後,最煩惱的事情是什麼?

Ans. 沒東西寫,讀者會幹譙!沒東西寫,讀者會幹譙!沒東西寫,讀者會幹譙!

Q.寫了《隔壁貓叫日記》之後,最開心的事情是什麼?

Ans.來自世界各地的網友熱情回應!

Q.寫了《隔壁貓叫日記》之後,最有趣的事情是什麼?

Ans.天哪,朋友介紹我給其他人認識時,總是會這麼說,「他就是那個《隔壁貓叫日記》的作者~」

Q.寫了《隔壁貓叫日記》之後,最無力的事情是什麼?

Ans.喂~各位朋友,跟我在一起的時候,只有這個話題好談嗎?

Q.寫了《隔壁貓叫日記》之後,會不會擔心被定型?

Ans.會耶,現在連和朋友講話,如果我三句之中沒有搞笑、五句之中沒有「顏色」的,他們都會覺得我生病了……

Q.寫完這些題目的感想是什麼?

Ans.呼~……當初幹嘛提議寫這個啊?比寫新聞台還累。

Catch107
隔壁貓叫日記
法蘭克 著
責任編輯：韓秀玫、繆沛倫　美術編輯：楊雯卉、Yvonne以凡
法律顧問：全理法律事務所董安丹律師
出版者：大塊文化出版股份有限公司
台北市105南京東路四段25號11樓
讀者服務專線：0800-006689
TEL：(02) 87123898　FAX：(02) 87123897
郵撥帳號：18955675　戶名：大塊文化出版股份有限公司
e-mail:locus@locuspublishing.com
www.locuspublishing.com
行政院新聞局局版北市業字第706號
版權所有　翻印必究
總經銷：大和書報圖書股份有限公司
地址：台北縣五股工業區五工五路2號
TEL：(02) 89902588 (代表號)　FAX：(02) 22901658
初版一刷：2006年3月
定價：新台幣200元
ISBN　986-7059-04-2
Printed in Taiwan

國家圖書館出版品預行編目資料

隔壁貓叫日記 / 法蘭克著. ——初版. ——臺北市
：大塊文化, 2006〔民95〕
面： 公分. ——（Catch：107）
ISBN 986-7059-04-2（平裝）

855 95003030

Catch107

隔壁貓叫日記

法蘭克 著

責任編輯：韓秀玫、繆沛倫　　美術編輯：楊雯卉、Yvonne以凡

法律顧問：全理法律事務所董安丹律師

出版者：大塊文化出版股份有限公司

台北市105南京東路四段25號11樓

讀者服務專線：0800-006689

TEL：(02) 87123898　FAX：(02) 87123897

郵撥帳號：18955675　　戶名：大塊文化出版股份有限公司

e-mail:locus@locuspublishing.com

www.locuspublishing.com

行政院新聞局局版北市業字第706號

版權所有　翻印必究

總經銷：大和書報圖書股份有限公司

地址：台北縣五股工業區五工五路2號

TEL：(02) 89902588 (代表號)　FAX：(02) 22901658

初版一刷：2006年3月

定價：新台幣200元

ISBN　986-7059-04-2

Printed in Taiwan

國家圖書館出版品預行編目資料

隔壁貓叫日記 / 法蘭克著. ──初版. ──臺北市
　　：大塊文化, 2006〔民95〕
　　面；　　　公分. ──（Catch：107）
　　ISBN 986-7059-04-2（平裝）

　　855　　　　　　　　95003030